AF187177

Deckblatt Manuskript Linder, Drachenfrau

Inhalt

Meine Autobiographie
September 2017

Titel: „Dorothee Linder - Meine positive Verwandlung"

02.11.1970 meine Geburt in Hannover.

Fünf Jahre meine schöne Kindheit in Findorff, Bremen.

Dann auf dem Land in Oyten bis zur Scheidung meiner Eltern mit ca. acht Jahren großer Zusammenbruch der Familie.

Dann Heim, Internat, Pflegefamilien, Drogen, mein erster Freund. Gewalt zuhause, Flucht, Obdachlosigkeit, Betteln auf der Straße, Herumreisen, Hamburg, Hannover, Berlin, Leben im besetzten Haus.

1988 Frauenszene, mein Coming-Out, ich entdecke, dass ich auch Frauen liebe.

1989 ein Jahr England, Arbeit als Friedensaktivistin vom Greenham Common Womens Peacecamp, Haftstrafe in Holloway, London.

Dann Flug nach Bremen ca. 1990, was jetzt? Alleine, keine Kohle, kein Abschluss. Ich gehe anschaffen. Clubs, „Red Horse", Bars, ein Jahr Helenenstraße, am Ende ausgelaugt, Ausstieg mit Nitribitt e. V. Drei Jahre Rotlicht-Milieu.

Großer Nervenzusammenbruch, Psychose, Beschluss: sehr lange Klinik. Sozialpsychiatrischer Dienst, verschiedene Jobs, drei Jahre Selbsthilfegruppe, 14 Jahre Hollerallee. 2000 kurz Klinik, dann, 1996, finde ich Magierin Marion Koschinski, gebe Rituale in Auftrag. Sie rettet mein Leben, ab da an geht es bergauf. Mache selber Magiekurs. Erzähle Ärztin 1994, dass ich Hexe werden will, es wird wahr. Selbständigkeit als Hexe klappt da noch nicht, hab' aber Kunden.

2008 Finde das „Kismet" für mich, mein Dönerladen mit Super-Personal in der Sögestraße, Bremen, erlebe dort viel, bin seitdem zwei- bis dreimal die Woche Stammgast, meine Café-Zeit beginnt, auch ein Jahr, jeden Tag Kaffeetrinken im Sportwettenladen.

Ab 2010 starte ich meine Mega-Zeit in den Discos „Stubu" und „Laviva", zwei-bis dreimal die Woche, nächtelang, plus dreimal die Woche Karate-Training im „Budoclub". Plus ein Job als Haushaltshilfe fürs Rote Kreuz. Gott sei Dank bekomme ich schon länger Grundsicherung von meiner tollen Ärztin, bei der ich seit 1995 bin.

Ich machte insgesamt fünf Jahre Karate bei einem sehr guten Trainer, mit dem ich dann aber Streit hatte und den Verein wechselte, bis beim Orthopäden rauskam, dass ich was mit dem Hüftknochen habe, so dass ich diese Beinarbeit gar nicht machen sollte. Keine Krankheit, aber jetzt ist damit meine Karatezeit vorbei. Der Trainer war so streng, dass er mich zweimal ohrfeigte, weil ich so eigenwillig war, bis ich ihm sagte, das reicht mir und ist nicht o. k., das hat er dann eingesehen, naja, immerhin. Ich machte viel Lehrgänge, liebte es, hatte viel Spaß und schaffte es bis zum Grüngurt, wobei ich wegen einer Pause zwei Prüfungen wiederholen musste.

Und einen Katrate-Wettkampf machte ich sogar auch mal.

2013 kommt die Riesenkrise. Das Haus, in dem ich wohne, in der Hollerallee, wird an einen Miethai verkauft, alle bekommen die Kündigung. Ich lebe ein Jahr auf einer Baustelle, heute saniert, vermietet der neue Eigentümer pro Nacht und will damit Kohle scheffeln, also muss ich ausziehen. Ich kündige meine Stelle bei Frau B. Weil sie krank ist, meckert sie mir zu oft. Dann hab' ich diesen Liebeskummer, weil ich in vier Männer gleichzeitig verliebt bin. Von den Discos, will aber keiner in eine feste Partnerschaft mit mir. Ich trete aus dem Karateverein aus, weil ich ständig Zoff mit meinem Trainer habe. Ich drehe komplett durch und bin drei Monate in der Klinik, was mir aber gut tut, und alles erneuert sich, aus dem Krankenhaus heraus suche ich mir alleine eine neue Wohnung und mache den Umzug. Bäm.

Jetzt neue Wohnung, kein Karate mehr, keine Discos mehr, bei der AWO finde ich zwei neue Stellen nach Frau L. Und Kater Timo. Ich habe mehr Geld, kaufe endlich Klamotten Second Hand oder neu, nicht aus der Kleiderkammer, und kaufe viel für meine Bude. Bin erst bei ´ner blöden Partnervermittlung, dann bei „Parship", das ist auch nicht so pralle.

Jetzt Riesentransformation, Finanzoptimierung, spare Geld, habe große Pläne. Mein Buch, ich als Marke, Brand Building, digitale Produkte, eigene Online-Kurse entwickeln. Beschäftige mich mit Online-Marketing und bin endlich glücklich. Eine Woche im „Filosoof" und einmal bei T. im L. zum Kaffeetrinken und natürlich im „Kismet". Jetzt will ich alles. Bin stolz, weil ich für mich alles selber bezahle, abgesehen von meiner Grundsicherung.

Happy End, ich glaube, ich werde erfolgreiche selbständige Beraterin und Coach, und heirate glücklich, werde bekannt in der Öffentlichkeit, feiere auf Partys und habe mal ´ne Luxuswohnung und schreibe dieses Buch.

Buchstruktur

Kindheit, Jugend, Erwachsensein, Zeitgeist,

Hauptstory Lebenskrise, alleingelassen musste ich mein Zuhause verlassen und mein Leben meistern. Meine Überwindung mit M. K. Magie rettet mein Leben.

Persönlichkeiten, die ich traf: Sat Hari Singh in Hamburg, Militär in England, Trainer W.

Geschehnisse: Mein 20. Geburtstag im Steinkreis von Avebury, England. Ein Jahr England für den Frieden. Mit Frauen im Hunsrück voller Spiritualität und Frauenpower.

Drachenfrau, Buchkapitel

Einführung

Ich freue mich, dass du, lieber Leser, mein Buch liest, und das ist sicherlich kein Zufall. In meiner Lebensgeschichte gibt es Gewalt, die ich wohl benenne, aber nicht ausführlich beschreibe, das hat den Grund, dass dies auch ein sonniges Buch sein soll, das den Lesern Mut macht, ihren eigenen Weg zu gehen. Denn am Ende gewinne ich den Kampf und es gibt ein Happy End. Und mein Buch hat eine Botschaft. Auch wer aus einer kaputten Scheidungsfamilie kommt, kann auf einen ehrlichen, erfolgreichen Weg kommen und sein Leben total zum Positiven ändern. Und Heilung finden und anderen helfen.

Ich beschreibe auch genau, was ich alles gemacht habe, um zu gewinnen, Nachmachen erwünscht.

Danken möchte ich meiner Ärztin Dr. Eickens und den Teams vom Döner Imbiss Kismet und des Cafés Filosoof, beide in Bremen, sowie meiner Beraterin M. K., die mein Leben gerettet hat.

Viele Namen in diesem Buch schreiben ich nicht ganz aus oder erwähne ich nicht aus

Datenschutzgründen. Der rote Faden, der durch dieses Buch führt, heißt „Mein Weg zur Magierin".

Viel Spaß und Freude beim Lesen.

1. Kapitel - Kindheit

Der Hauptkonflikt dieses Buches, den ich gemeistert habe, liegt in meiner Kindheit, die Scheidung meiner Eltern und die totale Zerrüttung meiner Familie. Über die Gewalt, die ich später durch meinen Bruder meiner Mutter und auch Partner erlebt habe, berichtet ich absichtlich nicht so viel und ausführlich, weil ich das aufgearbeitet habe und verziehen habe. Mein Vater ist verstorben sowie mit meinem Bruder gab es eine Aussprache, dazu später im Buch mehr. Des Weiteren finde ich es auch wichtig, immer wieder aufzustehen und weiterzugehen, anstatt sich z. B. als Traumaopfer zu vergraben. Auch mit meiner Mutter gab es per Brief eine Aussprache und beide, Bruder wie Mutter, möchte ich nicht wiedersehen aus

Selbstschutz. Ich habe aber versöhnlich meinen Frieden mit ihnen gefunden.

Meine spirituelle Berufung als Magierin / Schamanin und Lebensberaterin zu arbeiten habe ich schon in meiner Jugend gefunden und mein Leben sehe ich als Prüfungen und Lehre an.

Geboren bin ich in Hannover am 02.11.1970. Wohl wegen der Arbeit ist meine Familie dann schon bald nach Bremen gezogen, wo ich auch meine Heimat sehe. Mein Vater war Lehrer für Deutsch und Französisch sowie Studienrat und war ein ruhiger und sehr gebildeter Mensch, von dem ich sehr viel gelernt habe und der auch irgendwie ein Vorbild für mich, was Weltoffenheit, Menschenliebe, Gerechtigkeitssinn, Benehmen und Umweltschutz angeht. Von ihm lernte ich früh politisches Bewusstsein, dass alle Menschen gleich sind, dass man seine Meinung sagen soll und dass es auch viel Unrecht in der Welt gibt. Ich hörte als Kind afrikanische Musik und sah Bilder von politischen Häftlingen. Diese Haltung habe ich bis heute behalten. Sein Tod Ende 2016 war sehr schlimm für mich, auch wenn er sich wegen Krankheit angekündigt hatte. Aber auch, weil ich wegen eines Streits keinen Kontakt mehr zu ihm hatte, wegen eines Streits.

Bis zur Scheidung hatte ich eine glückliche Kindheit, somit haben sich meine Eltern auch geliebt. Das erzählte mein Vater mir. Oder meine Mutter.

Die ersten fünf Jahre, die ich auch bewusst erlebte, wohnten wir in Bremen, in Findorff, in einer schönen Wohnung in der Meißener Straße. Dort ging ich in den Kindergarten, was ich als sehr schön erlebte. Da war zwischen mir und meinem Bruder auch noch alles normal, wir badeten zusammen und hatten einen roten Kindertisch mit Stühlchen. Dort, erinnere ich mich, haben wir gegessen. Wie gesagt, haben meine Eltern sich da auch noch geliebt. Einmal sah ich sie auch eng umschlungen tanzen.

Die Wohnung lag nahe beim Bürgerpark, in den wir oft fuhren. Bootfahren und spazieren, da hat auch mein Vater schon immer Vögel gezeigt. Meine Mutter ist Französin aus der Normandie und war dort als Kind im Kloster und ist sehr gläubig aufgewachsen. Egal, was später noch alles passierte, in den ersten neun Jahren meines Lebens war sie eine gute, liebevolle Mutter und ich verzeihe ihr, was sie mir später an tat, weil sie dann ja auch sehr unglücklich war und es schwer hatte. Als ich klein war, war sie sehr hübsch und hatte lange Haare. Als sie diese abschnitt, war ich sehr enttäuscht. Das war in Oyten. Wir sind auch oft in den Urlaub gefahren, um meine Großeltern in Frankreich zu besuchen. Da waren wir dann auch in Paris und haben uns in Frankreich Schlösser angeschaut.

Ich habe als Kleinkind alles gehabt an Kleidung, Spielzeug, gesunder Ernährung und Büchern sowie Bildung. Überall durfte ich mir Sachen aussuchen, wenn wir Ausflüge gemacht haben, die hat mein Vater mir dann gekauft. Das Leben in Findorff war mit die schönste Zeit meiner Kindheit und wir sind auch woanders in Urlaub gefahren, viel ans Meer, an die Nord- und Ostsee und nach Fischerhude. Als Kind war ich viel am Meer, Muscheln suchen und im Meer schwimmen, in den Dünen. Auch heute noch sind das Meer und der Strand magische schöne Orte für mich.

2. Teil

Kindheit in Oyten-Sagehorn

Als ich zirka fünf Jahre alt war, zogen wir, unsere Familie, nach Oyten-Sagehorn, aufs Land, ein wenig außerhalb von Bremen. Davon handelt der zweite Teil meiner Kindheit. Das Kapitel Kindheit geht zirka bis zum Alter von ungefähr zwölf Jahren.

Mein Vater verdiente gut als Lehrer für Deutsch und Französisch und baute ein sehr schönes Haus inmitten von Kühen und Schweinen, Wiesen und Bauern und Wohnhäusern sowie kleinen Bächen und Bäumen. Damals in den 70ern wurden die Schweine von unserem Nachbarn noch mit Stroh gehalten. Sehr idyllisch alles.

Ich fuhr jeden Morgen früh mit dem Bus in die Grundschule und war schon früh selbständig. Mein Leben bestand aus Festen und Geburtstagsfeiern mit Kindern, die ich abhielt oder zu denen ich eingeladen wurde, und Spielen in der Natur, auch noch abends, alles war sicher. Und den Urlauben nach Frankreich oder auch ans Meer, und Vogelpark Walsrode. Und ich bekam viele Geschenke. Bastelsachen, Spielplatten und Malsachen. Also spielen mit anderen Kindern, gemobbt wurde ich nicht. Ich war so in der Mitte, dazu bis auf ein paar Ärgereien, wo ich geschlagen wurde. Ich muss betonen, dass ich auch andere Kinder geschlagen habe.

Ich war schon als Kind sehr selbstbewusst. Unsere Nachbarn waren Bauern, ein Geschwisterpaar, die hießen Onkel Hermann und Tante Gerda und waren sehr nett und kümmerten sich gut um ihre Tiere, Schweine und Kühe. Versorgten die Menschen aus dem Ort mit frischer Milch und Onkel Hermann hatte auch eine kleine Schusterwerkstatt. Sie kümmerten sich auch ganz selbstverständlich um uns Kinder. Wir wuselten ständig überall rum in den Ställen, Wiesen und Garten und er nahm uns auch zur Ernte mit. Und wir fuhren auf dem Trecker mit, zum Melken, wenn die Kühe auf der Weide waren. Ich war bei der Geburt von Schweinchen und Kälbern dabei und das alles hat mich tief positiv geprägt.

Kurz vor der Scheidung fing die Familie an, Risse zu bekommen. Ich erlebte Streit und auch mein Bruder schlug mich und wurde gewalttätig. Ein Erlebnis hatte ich im Herbst, Winter im Wohnzimmer. Ich sah auf unseren Garten, es lag etwas Schnee und da waren Amseln und ich merkte, wie das Leben mir sagte, „Dein Leben wird voller Ernst und Melancholie sein." Da merkte ich, dass ich einen schweren, langen Weg ging, auf dem ich auch alleine sein würde. Diese vier bis fünf Jahre bis zur Scheidung waren aber sehr schön.

Dann kam die Scheidung meiner Eltern, sie sagten mir, dass sie sich trennen würden und ich musste, sollte wählen, bei wem ich leben wollte, sollte. Ich war von der ganzen Situation völlig überfordert, meine Eltern litten auch und versuchten zwar für mich da zu sein, aber schafften es nicht. Ich wurde verwaltet und hin und her geschoben zwischen Mama, Papa,

Schulen usw. Insgesamt war ich auf zirka zehn Schulen und wehrte mich, indem ich auch rebellisch und unangepasst war und schon mit zwölf in Diskotheken ging und Drogen nahm. Der Versuch aller Beteiligten, sich um mich zu kümmern, misslang und war nur Flickwerk. Ich fühlte mich verzweifelt und völlig verlassen, rannte herum und begann mich durchzukämpfen. Da meine schöne Kindheit mich aber so stark gemacht hatte, ich habe sehr viel Märchenbücher gehabt, glaubte ich unumstößlich, dass ich es schaffen würde, wie die Heldin im Märchen. Dass ich Hilfe bekommen würde und sich alles zum Guten wenden würde, eines Tages. Ich wusste immer, ich schaffe es, und das hat mir immer geholfen und hat sich bewahrheitet.

Nach der Scheidung zogen beide, meine Mutter und mein Vater, in verschiedene Orte in Bremen. Ich lebte abwechselnd bei beiden und von nun an versuchte ich zu überleben. In der Schule war ich laut, redete viel und war meistens, oft, vor der Tür, also wurde vor die Tür geschickt. So war das damals als Bestrafung. Das Ergebnis meines Lebens war, dass ich schlechte Noten hatte und keinen Schulabschluss habe.

Das kommt auch daher, dass fast die letzte Schule, auf der ich war, das Internat in Dänemark war, wo das Zeugnis hier nichts wert war und auch wohl zu schlecht. Ich war später immer wieder in Maßnahmen und versuchte, auch den Abschluss nachzumachen, was ich aber auch abbrach. Es ist, wie ich dann erkannte, mein Weg selbständig zu sein. Meine Mutter arbeitete dann in der Altenpflege. Oft bekam ich als Neunjährige Geld um zu Aldi zu gehen und musste mir dann selber zu essen machen. Sie hat dann auch begonnen, mich ab und zu schlagen. Dann war der Halt meiner Mutter die Kirche und dann war auch die Pfingstgemeinde, eine Sekte, wohin ich oft musste. Ich sollte ständig beten, in der Bibel lesen und war dann auch bei den Royal Rangern Christlichen Pfadfindern, auch auf Freizeitreisen. Das hat mich sicherlich geprägt, aber heute kann ich schwer in Kirchen gehen und eine Bibel anfassen. Ich bin immer noch gläubig, aber auf meine eigene befreite Weise.

2. Kapitel - Meine Jugend

Meine Jugend war voller Leben und Erleben und ich nehme jetzt die sechs Jahre, wo ich in einem Alter zwischen zwölf und 17 Jahre alt war. Gewalt erlebte ich ab ca. 15,16 Jahren. Trotz der Schwere meiner Erlebnisse, Heim, Drogen, Anschaffen, Haltlosigkeit habe ich trotzdem versucht, mein Leben zu genießen und zu gestalten. Ab dem Alter von zwölf Jahren ging ich in Discos, schminkte mich und trank Alkohol. Ich rannte von zuhause davon um die Nächte woanders, im „Aladin", „Wehrschloß", zu verbringen oder bei Freunden und Axel.

Meine Jugend begann, als meine Kindheit mit der Scheidung meiner Eltern endete. Vor Gericht wurde ich gefragt, ob ich zu Vater oder Mutter wollte, ich begriff das Ganze irgendwie nicht und kämpfte mich einfach durch. Von da an pendelte ich zwischen Vater und Mutter. Die Familie war total zerstört, meine Eltern verstanden sich gar nicht mehr. So kam es mir vor. Ich wurde rebellisch, schwänzte die Schule und rauchte, war stattdessen in der Stadt bei „Follow me", einer Art Jugendtreff, den es bei „Karstadt" damals gab, hing irgendwie ab mit anderen Jugendlichen, klaute. War in der Schule laut und meistens mehr vor dem Klassenzimmer als Strafe als drin.

In der Schule gehörte ich so zur Mitte, gemobbt wurde ich nicht, vielleicht mal geärgert, aber ich schlug auch andere Kinder und war außer Rand und Band. Ich hörte Michael Jackson und Limahl und mein Zimmer bei meinem Vater war in einem tollen Rosa gestrichen und voller Poster von John Travolta und Kiss. Ich ging zu der Zeit aber auch gerne schwimmen und fuhr viel Fahrrad. Dann gab es in den Achtzigern in Hastedt eine Rollerskate-Anlage, wo ich oft war und auch fuhr, aber gut konnte ich das nie. Man hing einfach nur zusammen irgendwo an Hotspots ab.

Da ich nicht mehr ganz genau weiß, was wann war, schreibe ich einfach auf, was ich in meiner

Jugend ab zwölf so erlebte oder kurz davor. Als ich in Sebaldsbrück wohnte, war meine ohnehin religiöse Mutter total fanatisch geworden. Sie ging viel in die Pfingstgemeinde, das ist eine christliche Sekte, und betete dauernd. Ich wurde mitgeschleppt und sollte dauernd beten und war dann auch bei den Royal Rangers auch bei Freizeiten. Heute gehe ich ungerne in Kirchen, weil das alles so bedrückend war. Ich fing dann irgendwann auch an, in die Disco, ins „Aladin" zu gehen, kam da auch rein, obwohl ich so jung war. Dort lernte ich einen Mann kennen und hatte meinen ersten Sex, was aber nicht so toll war. Ich ließ mich treiben.

Dann war ich in einer Disco in Rablinghausen, wo jedes vierte Haus eine Kneipe war und viele angelten. Ich hatte ein Mickey-Mouse-T-Shirt an und dort traf ich Axel, meinen ersten festen Freund. Auf dem Toilettenflur fragte er mich einfach: „Willst du mit mir gehen?" und ich sagte „Ja" und in der ersten Zeit waren wir auch verliebt und immer jeden Tag zusammen. Dann zog er zuhause aus, schmiss seine Lehre als

Heizungsbauer und bezog seine erste eigene Wohnung.

Während dieser Zeit wohnte ich auch bei meinem Vater, der im Steintor/Bremen ein Altbremer Haus hatte. Dort oben wohnte auch mein Bruder, der nahm Drogen und hörte den ganzen Tag Musik und sah Videofilme, trank Alkohol und war dort mit seiner Clique von Freunden. Axel und ich, wir gehörten dann auch irgendwie dazu und ich ging da immer hin. Da hatte ich auch teilweise eine gute Zeit, es war auch angenehm, Haschisch zu rauchen und gute Musik zu hören, deswegen weiß ich auch viel, was damals so angesagt war. Auch eine Freundin meines Bruders ,R. lernte ich dort kennen, mit ihr hatte ich auch einen Freier. Sie ging damals auch schon für Drogen anschaffen.

Wie gesagt, zog Axel zuhause aus und wohnte in der Treskowstraße in einer WG mit Alkoholikern, sie saßen jeden Tag zusammen und soffen, rauchten und spielten Karten und ich war mittendrin. Meine Eltern machten gar nichts, aber ich ließ mich auch nicht erziehen, ich machte, was ich wollte. Dann wurde Axel einberufen zur Bundeswehr, war damals in der Kaserne in der Bremer Vahr. Und zur Verteidigung fuhr ich nach Goslar Fliegerhorst und trug dort ein Kleid meiner Mutter und rote Schuhe, die ich sehr mochte. Langsam wurde es dann härter mit den Drogen. Sie fingen an Koks und Heroin zu nehmen. Es ging jeden Tag nur darum, Geld aufzutreiben und zu Dealern zu gehen.

Mich von Axel zu trennen kam mir gar nicht in den Sinn, er war mein Freund, wir waren jeden Tag zusammen, auch, als er anfing mich zu schlagen, weil er auch sehr unglücklich war, wie ich wusste, und Alkoholiker und drogensüchtig.

Zwischendurch, ich weiß nicht mehr genau, wann das war, lebte ich bei meiner Mutter, die nicht klarkam mit mir. Und sie schickte mich ins Heim für schwererziehbare Kinder in Grasberg nahe Bremen. Da war ich ca. 15 Jahre. Andere Kinder taten zu Beginn mal Zahnpasta in meine Koffer, aber das war's dann auch schon, gemobbt wurde ich dort auch nicht. Es war ganz ok. Das Schöne an dieser Zeit war die Reise mit dem Bus nach Jugoslawien. Die Fahrt und der Zusammenhalt von uns Kindern war ganz gut, wir waren am Silbersee, wo Karl May gedreht worden ist und dann auf einer Insel, da waren Berge und das Wasser war traumhaft schön, blau-türkis-grün und sehr klar. Ich weiß noch wie ich vom Felsen aus ins Meer sprang. Das Beste war aber, wir zelteten nahe am Strand, der sehr schön sauber war. Und dann gingen wir zu Fischern mit ihren Booten. Wir mieteten Boote und der Fischer von meinem Boot grillte Fisch mit Tomaten für uns mit Brot und wir segelten im tollen Meer und sahen Delphine. Ein Traum.

Zu dem Verhältnis, was ich jetzt zu meiner Familie, Vater, Mutter, Bruder, habe, schreibe ich später im Buch.

Wie gesagt, es gab auch schöne Sachen in meiner Jugend. Am Anfang machte ich mit Axel auch mal einen Ausflug mit meinem Vater und Freundin. Damals im „Aladin" waren da mal viel Rocker, die Motorräder standen vor der Disco und drinnen waren die Jennifer und Luzifers mit ihren Kutten, mit denen hatte ich aber nie was zu tun. Und da war noch das erste Mal, wo ich anschaffen ging, das war im Steintor für den ausländischen Besitzer eines Schmuckladens, dem habe ich einen geblasen für 50 DM und ein paar wirklich schöne Ohrringe. Der war auch sonst ganz nett. Ach ja, ich las damals schon viel „Bravo" und nahm „Merz Spezial Dragees" und klaute Kosmetik bei „Schlecker" und machte viel Masken und Peelings und Kosmetik für meine Schönheit, obwohl ich so jung war. Ich habe dann mit Ramona auch einen Freier gemacht und rauchte auch Heroin und nahm Koks, aber nicht so lange, viel-leicht ein Vierteljahr, aber Heroin fand ich nicht so toll, das war mir viel zu hart, außerdem juckten davon meine Beine und Arme. Mein Vater war wohl sehr verzweifelt und wollte mich von all dem weg haben und ließ sich beraten. Und schickte mich dann auf das Internat Tvind Efterskol in Vandstrup in Dänemark, was an sich keine schlechte Schule war, wenn man Dänisch kann. Dort blieb ich ca. ein Dreivierteljahr bis ein Jahr und wollte dann selber zurück. Mit dem Zeugnis konnte ich hier nichts anfangen, weil ich auch schlecht Dänisch lernte. Das einzige Gute war, dass ich da dazugehörte, auch eine Freundin hatte, mit der ich auch mal bei ihren Eltern war über Nacht und dort in Aarhus lief Modern Talking in der Disko und wir machten diese tolle Busreise nach Italien. Wo wir in Rom – Mailand – Pisa und Venedig waren, in Rom war ich im Petersdom, der ist echt schön und in Mailand waren wir bei Gastfamilien, dann war ich auf dem Schiefen Turm von Pisa, der ist wirklich schief. Und die Krönung war Venedig, weil wir im Karneval dort waren: Es liefen Menschen in Kostümen über die Brücken und durch die Gassen und es lief Musik. Ich kaufte einen Glasdelfin und Masken, die ich leider nicht mehr habe.

Als ich dann wieder in Deutschland war, traf ich Axel in der Stadt wieder. Wir kamen wieder zusammen, er wohnte damals in der Neustadt und dort hörte ich Terence Trent D'Arby. Es ging nur um Geld und Drogen und Alkohol. Axel sagte zu mir „Du bist anders." Heute weiß ich, was er meinte. Er sagte auch zu mir: „Du faszinierst mich." Naja. Dann verführte mich ein Freund meines Bruders und das er-zählte ich naiverweise Axel daraufhin. Waren in einer Kneipe. Er war total besoffen und schlug mich, das war so schlimm, dass es endgültig vorbei war. Später erzählte mir mein Vater, dass er gestorben ist und auch zuletzt im Gefängnis war. Da gab es kein Happy End. Ist manchmal so.

Hier endet mein Kapitel „Jugend", denn es geht weiter mit dem Kapitel „Meine Frauen und Männer" und danach Kapitel 4, meiner Flucht und Reise, Odyssee durch Deutschland und Obdachlosigkeit. Es setzt da an, wo ich mit meiner Mutter und Bruder in Sebaldsbrück gewohnt habe und auch das erste Mal in der Klinik war.

Ende 2. Kapitel

Ich hatte immer in meiner Jugend einige platonische Freundinnen, zu denen ich aber heute keinen Kontakt mehr habe.

3. Kapitel - Meine Männer und Frauen

Dies ist das 3. Kapitel, wo ich genau über meine Partner und Partnerinnen schreibe, weil es mir einfacher erscheint, mich auf alles zu konzentrieren, was da passiert ist. Ich bin bisexuell, Sex mit anderen Mädchen hatte ich schon als Kind und Jugendliche, dann entdeckte ich zirka mit 17 meine Liebe zu Frauen, es tönte ganz fest in mir. Jetzt liebe ich Frauen und ab da an beschäftigte ich mich mit Coming out und Frauenbewegung.

Ich nenne die Menschen mit Vornamen und ändere diese nicht die Namen. Ca. ab 1994 hatte ich dann auch wieder Freunde und sah, dass ich Interesse an beiden Geschlechtern habe. Mein Vater ist ja sehr weltoffen und hat das immer respektiert.

Auch alle näheren Bekannten wissen das, aber meine Mutter würde wohl sagen, wenn sie es wüsste, dass ich in die Hölle komme. Ich habe immer wieder viel, auch in normalen Discos mit

Frauen geflirtet, geküsst und getanzt. Dann hatte ich, als ich am Wall wohnte, ein Techtelmechtel mit einer Schwarzhaarigen, die S. hieß und einen Künstlernamen hatte. Wir trafen und öfter und hatten auch Sex, etwas Festes wurde es aber nicht. Dann hatte ich einen One Night Stand mit einer Dagmar, die ich vor einem Waschcenter kennenlernte, von der wollte ich nur Sex. Dann lernte ich in einer Lesben-Disco Eve kennen, die in einer Apotheke arbeitete. Das war die Zeit, wo ich anschaffen ging und wohl auch viele Probleme hatte, deswegen waren wir nicht wirklich lange zusammen. Aber ich liebte Eve und wir hatten tollen Sex, den besten, den ich je hatte. Später traf ich sie auch noch mal, das ging eine Zeitlang und dann war es zu Ende, als ich sie bei einem Streit rausschmiss. Ich habe auch immer gerne und viel Lesben-Pornos angeschaut und tue das noch heute und fühle mich heute wohl und frei mit meiner Bisexualität.

Ich denke und weiß, dass ich Sex mit Frauen haben könnte, wenn ich in diese Richtung aktiv sein würde. Es kam aber immer wieder zu Sex und Affären, Beziehungen zu Männern und auch heute, 2018, wo ich dieses Buch schreibe, wünsche ich mir sehr einen festen männlichen Partner.

Ich habe auch mit Männern und Frauen rumgemacht, über die ich hier nicht schreibe. Weiter im Text – zirka 1988 fuhr ich obdachlos nach Oldenburg. In meiner obdachlosen Zeit war ich viel auf Reisen, wahrscheinlich auch, weil ich weg aus Bremen wollte. Ich glaubte immer an mich, meinen Weg und ein besseres Leben. Und so ist es dann ja auch gekommen. In Oldenburg machte ich Vieles, um zu überleben. Ich schlief irgendwo auf Veranstaltungen oder fragte Frauen, ob ich bei ihnen übernachten durfte. Da war ich so schlau, mir immer etwas Warmes zu organisieren. So kam ich per Zufall dazu, bei Michael zu klingeln, ich nenne ihn mal hier so.

Er war Ex-Junkie, Ex-Alki, Ex-Knacki, alles so in die Richtung, hatte aber 'ne ganz normale Wohnung. Ab da wohnte ich bei ihm und ging auch mit ihm ins Bett, was irgendwie ganz schön war. Einmal lud er mich auch ein und wir fuhren nach

Hamburg nach St. Pauli, wo er aufgewachsen war. Das zeigte er mir und wir waren wundervoll Essen, es gab Frühstück mit O-Saft und Champagner, Pilzomelett, des esse ich deswegen heute noch ganz gerne. Für meinen weiteren Lebensweg war es wohl wichtig, dass ich ihn verlassen habe. Heute tut es mir leid, was alles passiert ist. Wir beide tun mir leid. Er und ich auch. Leider passierte es, dass er schnarchte und ich deswegen in das andere Zimmer ging um zu schlafen. Wir begegneten und irgendwie in der Küche und ich beleidigte ihn und sagte, „Scheiß Junkie", ich weiß nicht mehr, warum. Ich war noch sehr jung, daraufhin bekam ich auf die Fresse, die Einzelheiten erspare ich den Lesern.

Am nächsten Morgen verließ ich nach dem Duschen die Wohnung und ging zur Polizei. Dort erstattete ich Anzeige und holte mein spärliches Hab' und Gut aus der Wohnung, Michael rief mir noch nach: „Wenn ich dich kriege, bringe ich dich um." Es war alles nicht so schön, und im Nachhinein habe ich ihm verziehen, denn eigentlich habe ich ihn gerne gehabt. Aber wieder begegnen möchte ich ihm nicht, wünsche ihm aber alles Gute. Er hatte auch die Namen von Frauen tätowiert.

Michael hat mich aber nie vergewaltigt oder sexuelle Gewalt ausgeübt. Im Bett war er ganz normal und zärtlich und es war auch schön für mich. Nur das Ende war sehr traurig.

Ich fuhr dann gleich mit dem Zug nach Hamburg und da ging ich in ein Frauenhaus, wo alle eigentlich normal und nett waren. Dort lebte ich ein paar Monate. Über diese Zeit in Hamburg schreibe ich noch mehr in den nächsten Kapiteln.

Meine Frauen und Männer

1994/95/96/2000

Christian und Stefan

1994 hatte ich meine erste große Krise und war dann lange in der Klinik. Dort lernte ich Christian kennen, der in einem anderen Haus, Haus 3, war. Ich war auf Station 1. Ab da an besuchte ich ihn täglich, wir redeten lange nur, hörten Musik, er spielte auf seiner E-Gitarre und wir tranken Kaffee in seinem sehr kleinen Zimmer. Er hatte Schizophrenie. Ich verliebte mich in ihn und zu meinem 25. Geburtstag nahm er mir eine Musikkassette auf, die gab es damals noch. Wir waren auch mal zusammen im Schwimmbad, erst gegen Ende der Beziehung hatten wir einmal Sex und den fand ich nicht so toll, wohl auch, weil ich so große Blockaden hatte und es mir nicht so gut ging. Dann kam ein Tag, an dem er mir nicht die Tür öffnete und rief: „Ich mach' Schluss!"

Da brach für mich eine Welt zusammen. Aufgrund seiner Erkrankung war es ihm wohl nicht möglich oder schwer, mir zu vertrauen. Ich hatte sehr großen Liebeskummer und war völlig verzweifelt. Einmal klaute er mir auch Tabak. Ansonsten war er immer sehr nett und liebevoll. Später lebte ich, nach meiner Entlassung, in einer betreuten Wohngemeinschaft der Inneren Mission in der Feldstraße, dort besuchte er mich dann mal plötzlich. Er hatte damals mal einen Freund bei sich zu Besuch – oder war es umgekehrt? Ich denke, ich war zuerst mit Stefan vom Haus 1 zusammen und wir besuchten dann Christian. Ganz genau weiß ich das nicht mehr, aber ich war in beide verliebt. Zu Stefan komme ich später im Kapitel.

Ich habe Christian immer wieder mal in der Bahn gesehen oder auf der Straße und ein paar Mal haben wir auch kurz geredet, aber ich kann heute nicht mehr verstehen, wieso ich ihn damals so liebte. Aber so ist es manchmal. Heute finde ich ihn nicht mehr so attraktiv. Es geht ihm wohl nicht so gut, er nahm dann Heroin wie Stefan und war ein Junkie. Heute sehe ich das alles mit Abstand und wünsche ihm alles Gute. Ach ja, einmal hatte ich sogar die Erlaubnis von der Klinik und durfte bei ihm schlafen.

Einer der Männer, in die ich wirklich sehr verliebt war, ist Stefan. Ich nenne hier alle Personen beim Vornamen, ich denke, das ist ok. Wir waren zusammen auf einer Station vom Krankenhaus, Haus 1, und ich hatte ein Auge auf ihn geworfen und es begann so, dass ich ihm einen Zettel unters Kopfkissen legte. Auf dem stand „Willst du mit mir spazieren gehen?" Es war eine On-Off-

Beziehung und durch Stefan lernte ich auf Christian kennen, mit dem war ich dann auch zusammen, irgendwie zwischendurch. Stefan war heroinabhängig.

Als ich entlassen wurde, kam ich erst in einer Betreute Frauen-WG von der Inneren Mission, wo ich aber wegwollte. Ich fand eine WG in Bremen, in Sebaldsbrück, wo es überhaupt nicht passte und wo ich dann entdeckte, dass Stefan aus Bestimmung, wie ich glaube, genau gegenüber in der Straße auch einzog. Wir kamen wieder zusammen und ich wohnte dann bei ihm. Er war dann auf Methadon. Ich war dann auch mal mit, als er das abholte. Auch waren wir mitten in der Nacht mal spazieren in einem Park bei Vollmond. Stefan war dann auch vielleicht wieder drauf und dealte auch. Jedenfalls hatten wir sehr viel Sex, auch im Park, und er schlug mich auch.

Ich fand dann eine Wohnung für mich, wo er mich jeden Morgen anrief und auch vorbeikam, meistens nur, um mit mir zu schlafen und dann ging er wieder. Stefan war auch Skorpion, wie ich, und an Halloween hatte er Geburtstag, wohl aber die Mächte von Halloween im negativen Sinn kamen bei ihm zum Ausdruck. Vergewaltigt hat er mich aber auch nicht, obwohl ich mal nicht wollte, und beklaut hatte er mich auch nicht. Erkaufte mir mal sogar eine Monatskarte ab. Oder sah, wie ich Geld zählte und wusste, wo ich das Geld aufbewahrte.

Dann kam er in Therapie nach Sudwalde. Dort bekam ich mal die Erlaubnis, als seine Freundin dort bei ihm zu übernachten. Also fuhr ich mit dem Zug nach Sudwalde. Es kam so zustande, dass ich Marion, eine Magierin, fand, die ich beauftragte, eine Partnerzusammenführung zu machen. Die wirkte so, dass wir wieder zusammenkamen, dass Stefan mich einlud nach Sudwalde. Er sagte mir auch, seine Sucht käme an erster Stelle und dann erst alles andere. Seinen Vater sah ich auch mal.

Ich fuhr also nach Sudwalde und es war ein warmer Sommertag. Ich hatte ein schwarzes kurzes Kleid an und weiße hohe Schuhe. Jedenfalls war Stefan dort sehr lieb zu mir und wir schliefen öfter miteinander und ich genoss die Zeit. Stefan sagte mir, er würde dann später gerne mit mir zusammenleben. Dazu kam es nicht, denn als ich wieder in Bremen war, stritten wir uns am Telefon, denn ich wollte heiraten und er, glaube ich, nicht, und da machte ich Schluss. Naja, danach trennten sich unsere Wege, aber die Zusammenführung hatte mir ja diesen schönen Abschluss gebracht. Ach ja, zwischendurch war ich auf der Methadon-Ausgabe dabei und er war auch in Bremen mal drauf, mal in Therapie, auch in Bremen, wo ich ihn besuchte.

Heute ist mir klar, dass es wohl besser war, dass das mit mir und Stefan nicht geklappt hat, weil er erzählte mir auch, wie er für Geld jemanden zusammengeschlagen hat und dass er bei einem Mord dabei war. Das war eine wirkliche Skorpion-Beziehung. Ich weiß gar nicht, ob er noch lebt.

Der Besuch bei Stefan ist 2000 gewesen und ich hatte seitdem keine feste Beziehung mehr. Sex kann ich genug und viel haben, viele Männer flirten mit mir. Ich werde auch manchmal angesprochen. Aber gefallen, für mehr, tut mir da keiner, Sex ohne Liebe möchte ich nicht. Wenn ich Lust bekomme, mache ich es mir lieber selber, was auch sehr schön ist. Es kam dann so ab 2009, 2010 so meine Stubu-Laviva-Discomeilen-Zeit, wo ich auch wirklich drei Jahre lang drei Nächte die Woche durchfeierte und mit sehr vielen Männern rumknutschte und rummachte. So mit zirka 5 habe ich dann auch geschlafen, weil ich einfach total wählerisch bin, es muss zu 100 Prozent stimmen, damit ich Lust bekomme. Es waren alles orientalische Männer, Türken usw., weil das mein Typ Mann ist. Namen nenne ich hier nicht. Sie waren alle jung, so 23 bis 28 Jahre, und alle waren nett und haben sich benommen. Und ich hatte jedes Mal totalen Liebeskummer, weil keiner eine Partnerschaft mit mir wollte. Heute weiß ich, dass Türken wohl eher Frauen aus ihrem Kulturkreis zur Ehefrau nehmen.

Mit vielen feierte ich tanzte ich die ganze Nacht und morgens waren wir noch frühstücken. Es war die schönste Zeit, eine der schönsten Zeiten in meinem Leben. Böse bin ich keinem mehr. Leider ist meine Erfahrung, dass diese Männer, die nur einen One-Night-Stand wollen, sich keine Mühe geben und nur auf ihre Kosten kommen wollen. Trotzdem war es aufregend und schön und ich denke öfter an diese Zeit. Ich habe aber auch sehr viel Glück gehabt, denn es hätte mir so viel passieren können. Und irgendetwas passte nicht, der eine war Drogendealer und kokste, der andere war gerade getrennt und wollte nicht mehr, der andere wohnte in Hamburg und machte am Telefon Schluss. Der andere war so ein Handwerker mit Schlapphut auf der Wanderschaft, der schickte mir sogar sechs Monate später 'ne Postkarte. Und alle habe ich geliebt, das war schön. Und einen lernte ich im Sportwettenladen kennen.

Ich weiß, dass ich keine normale einfache Frau bin, aber ich bin eine Powerfrau, die ihre Meinung vertritt, und habe ein gutes Herz und Träume. Einige sind schon wahr geworden, wo ich im Mai 2018 diese Zeilen schreibe. Ich glaube daran, dass es ganz tolle Männer gibt und ich mag starke, männliche Männer, und ich glaube an die wahre Liebe. Und noch bin ich jung und habe ein paar Jährchen Zeit, um vom Richtigen gefunden zu werden. Um mit ihm möchte ich das Leben genießen und vor allem Party machen. Ich wäre ihm auch treu, obwohl ich auch auf Frauen stehe. Aber ich denke, man sollte sich entscheiden.

4. Kapitel - Flucht vor Gewalt, Odyssee, Reisen, Obdachlosigkeit

Zirka 1987 wohnte ich mit meiner Mutter und meinem Bruder in Sebaldsbrück in Bremen. Meine Mutter war fanatisch religiös und mein Bruder nahm Drogen und war psychisch krank. Es gab sehr viel massive Gewalt gegen mich, von beiden, die ich hier nicht genauer beschreiben will. Ich war dann mal kurzfristig in der Heines-Klinik und ging auch zur Polizei, die haben mich wieder nach Hause geschickt, ohne irgendetwas zu unternehmen, obwohl ich überall blaue Flecken hatte. Dann kam es zum Äußersten und ich floh vor lauter Angst auf die Straße, ohne alles und ging ins Mädchenhaus. Dann war ich auch bei Pflegefamilien.

Niemand kümmerte sich richtig um mich. Ich wurde irgendwie aufbewahrt und verwaltet. Obwohl ich viele Beratungsstellen aufsuchte, auch eine Drogentherapie, wurde es nicht besser. Ich erarbeitete mir meinen Seelenfrieden eher für mich und das war auch der richtige Weg, dass ich immer frei sein wollte.

Heute, wo ich dies schreibe, ich bin frei, abgesichert und in Frieden. Mit 17 hatte ich dann auch mein Coming-Out, dass ich auf Frauen liebte. Da sagte ich mir „So, jetzt liebst du auch Frauen, fertig." Dann war alles ganz klar. Ich begann eine Odyssee, ohne das Ziel zu kennen. Ich wollte nur endlich in Sicherheit sein. Also startete ich mit nichts, völlig allein.

Innerhalb von ungefähr drei Jahren, ohne feste Adresse war ich aber sehr schlau und lebte in folgenden Städten: Oldenburg, Hamburg, Hannover, Berlin und Hunsrück im Süden von Deutschland. Bis ich zirka 1990 mit Rainbow Tours mit einem Bus nach London fuhr, mit einem Rucksack für 99 DM. Es war ein Städte-Trip und ich nahm es als One-Way-Ticket. Davon handelt aber das Kapitel 5 dieses Buches. Da ich zu dieser Zeit lesbisch lebte, suchte ich Hilfe, auch in der Frauen-Lesben-Szene, und die Frauen haben mir auch sehr geholfen. Es war eine Wohltat, ohne Männer zu leben.

Ich werde jetzt Stück für Stück erzählen, was ich in den Städten erlebte und ich war schlau. Ich beantragte überall auch Sozialhilfe, die ich auch bekam und ich bettelte auf der Straße, wovon ich dann meist Essen und nützliche Dinge kaufte. Nicht viel Alkohol, mit Alkohol hatte ich nie Probleme, und Drogen nahm ich dann einfach keine mehr, obwohl ich früher viel gekifft habe. Und ich fragte dann Frauen, die ich traf, ob ich bei ihnen eine Nacht schlafen könnte oder ich schlief in Heimen, im Sprengel in einer alten Ruine. So dass ich immer irgendwie über die Runden kam. Ich schnorrte mich so durch mit viel Intelligenz.

Dass ich damals auch so eine Einzelkämpferin war, hat mich geschützt, da obdachlose Frauen auch viel Gewalt ausgesetzt sind, da viele Obdachlose drogenabhängig und alkoholkrank sind und Gewalt oft zum Alltag gehört.

Manchmal wurde ich auch in Obdachlosenheime und Hotels geschickt. Ich war ständig unterwegs, oft nur mit einer Tüte. Jede Nacht in einem Bett musste ich mir am nächsten Tag wieder etwas Neues suchen. Ich hatte auch Angst vor meiner Familie und bin deswegen aus Bremen weg. Heute, 2018, bin ich in Bremen verwurzelt wie ein Baum und fühle mich sicher und stark.

Angeschafft habe ich in meiner Obdachlosigkeit nicht wieder. Mein Weg führte mich nach Oldenburg, die Zeit habe ich ja in meinen drei Kapiteln beschrieben, von dort in ein Frauenhaus in Hamburg und in Hamburg arbeitete ich kurz als Putzfrau in einer Yoga-Schule neben dem Golden Temple Restaurant, vegetarisch, wo ich auch einmal kurz Sat Hari Singh traf, der ja den Yogi-Tee gegründet hat. Er sagte zu mir: „Du bist nicht alleine auf dieser Welt." Ich war damals in dieser Zeit sehr aktiv, machte mit, was es gratis gab, z. B. Vorträge, Treffen, Partys oder

Filmaufführungen. Ich wusste, irgendwann würde ich es schaffen, in Sicherheit zu sein.

Durch meine Neugier und Angewohnheit, viele Informationen und Zeitungen zu lesen und mich zu unterhalten, erfuhr ich von dem besetzten Haus in Hannover, dem Sprengel. Dort fuhr ich hin mit meinem Rucksack und lebte erst eine Zeitlang im Haupthaus, wo die meisten Hausbesetzer und Autonomen wohnten, wo es auch eine Volksküche und Toilette gab und später siedelte ich um in eine Nebenruine, wo ich ganz alleine lebte, mit Matratze, und ich kaufte mir da einen Gaskocher. Dort lebte ich ein paar Monate. Dann lebte ich in der Zeit auch in Berlin und fuhr zum Frauenferienhaus in Altenbücken, dort gab es das Angebot, bei der Renovierung zu helfen und dafür dort kostenlos zu wohnen, was ich dann auch tat. Meistens reiste ich per Anhalter, was sehr gefährlich war, aber auch schon damals hatte ich einen Schutzengel. Oder ich suchte mir eine Mitfahrgelegenheit oder ging zur Mitfahrzentrale.

Wie gesagt, war die Frauenbewegung damals sehr wichtig für mich und hat mir sehr geholfen. Unterwegs war ich wie eine ständig Getriebene, nach etwas Sicherheit und Geborgenheit und immer wieder nutzte ich kostenlose Angebote, um mich beraten zu lassen und weiterzubilden. Das Schlimme ist aber auch, dass einige oder viele Leute Gewalterfahrungen nicht verstehen und sagen „Geh' zurück" oder „Habe wieder Kontakt". Das erlebte ich auch.

Dass ich auch meistens alleine blieb, mich zurückzog, war aber gut und wichtig, da es unter Obdachlosen auch viel Gewalt und Drogen gibt. Ich will niemanden etwas unterstellen, aber das hat mich geschützt. Auch gab es mal Kontakte mit anderen im Sprengel in einer Ruine, und als ich alleine lebte, kam mal einer und sagte, das wäre nicht normal, dass ich so alleine wäre. Mich hat es zufriedengestellt, alleine Entscheidungen zu treffen.

Mal wieder war ich auf der Suche, wo ich bleiben könnte und fuhr nach Altenbücken und Zülpich, das waren Frauenferienhäuser, und dort half ich bei der Renovierung und arbeitete im Garten und hatte dafür Kost und Logis. In der Frauen-Lesben-Szene fand ich viel Hilfe, gerade gibt es dort viele Frauen, die Gewalt erlebt haben von Männern. Ich las viel, fuhr zu Frauentreffen und Festen und lebte auch in Lesben-WGs. Festere Freundschaften oder lesbische Beziehungen ergaben sich aber nicht, weil ich nirgends richtig zur Ruhe kam. Mit 18 Jahren ganz alleine mit all den Problemen fand ich niemanden, der sich um mich kümmerte, das machte ich alleine.

Wieder durch meine Neugier und durch ein Buch oder so erfuhr ich vom Frauenwiderstandscamp im Hunsrück. Das war mein Ziel, wieder nur mit Rucksack fuhr ich los per Anhalter, es war schon ständig ein Abenteuer. Es ist ein großes Glück, dass mir nichts passiert ist. Im Dorf vor dem Gelände, wo das Camp war, wohnten Lesben, ich nenne sie gute Hexen, bei denen ich erstmal blieb, und zog dann ins Camp, und dort war ich den ganzen Sommer, sechs oder acht Wochen, 1988 und 1989. Das musste ich auch irgendwie bezahlen und ich gebe zu, dass ich kriminell war aus Not.

Ich klaute Geld aus dem Ladenzelt des Camps. Mir blieb nichts weiter übrig. Das Camp waren die Frauen mit Zelten und es gab große Küchenzelte. Es gab ein großes Feuer und ständig Gruppen, Gespräche, Plenen oder Demos. Denn es war ein politisches Camp der Friedensbewegung gegen Militär im Hunsrück, und es gab da auch besondere Kraftplätze in der Gegend. Natürlich tut es mir heute leid, dass ich kriminell war. Heute bin ich in allen Belangen ehrlich, schon lange. Nach meiner Zeit im Rotlichtmilieu bin ich ehrlich geworden.

Eigentlich war es aber schön im Camp, mit Frauen oder auch alleine war ich im nahegelegenen Wald, unterhielt mich, sah immer wieder eine weiße Katze oder habe laut gesungen. Dort konnte frau einfach sein und fiel nicht auf. Neben der Wiese war ein kleiner Bach, in dem wir uns gewaschen und gebadet haben, das war einfach zauberhaft. Ich las Hexenbücher, sammelte Kräuter, wir sangen Hexenlieder und auch Ton machte ich eine Göttinnenfigur und schaute den Mond an. Ich war in Sicherheit, niemand tat mir etwas. Ich lernte viel über Politik und Menschenrechte und Jahresfeste. Ich blutete ganz bewusst, alles war wild, bunt und gefühlvoll, voller Magie.

Von Hannover aus bin ich dann nach England aufgebrochen. Ich sah dort die Lösung meiner Probleme, auch hatte ich Angst vor meiner Familie. Dann sah ich die Adresse von Greenham Common Womens Peace Camp, was schon damals sehr bekannt war, weltweit, für seine Friedensarbeit. Mir war klar, da fahre ich hin! Dort bin ich unter Frauen und verbessere die Welt. Ich buchte einen Kurztrip nach London von Rainbow Tours mit dem Bus, der kostete damals 99 DM, mit Rückfahrt, aber die trat ich nie an. Ich blieb für ein Jahr ungefähr von Dezember 1989 bis Dezember 1990.

Mit dem Rucksack ging es los, ich war gerade 19 geworden, nach Calais und mit der Fähre nach Dover und weiter nach London. Ich fand es, wie ich alles fand damals und dann hielt der Bus in

Newbury und dann bei der Military Base Greenham Common. Es war ein kühler Empfang von etwas älteren Damen. Damals gab es dort zwei Lager im Yellow Gate, die so ziemlich verfeindet waren, aber locker jahrelang nebeneinander wohnten.

Am nächsten Tag lernte ich alle kennen und fragte, ob ich bleiben durfte und politisch arbeiten könnte. Sie sagten Ja. Es war ein hartes und schwieriges Leben.

5. Kapitel - England

Englisch konnte ich ja und mit Schulenglisch kommt man ja überall durch. Vor der US-Militärbasis war ein kleines Zeltcamp, das regelmäßig geräumt wurde, und die Frauen räumten es wieder zurück. Wir waren dann so sieben feste Frauen und da kamen auch mal welche zu Besuch und dann waren da noch andere Lager, Blue Gate, die politisch anders drauf waren. Zweitweise waren da aber mehr Frauen und große Aktionen. Fast alle waren lesbisch, ich ja damals auch. Aufgabe von uns Yellow Gate war es, ein Newsletter-Büchlein drucken zu lassen, das Zeltlager zu erhalten und die Sanctury, das war ein Stück Land mitten im Wald, das an die Militärbasis grenzte, also an einen Zaun. Dort gab es zwei feste große indianische Tipis und eine Feuerstelle draußen. Und dort wohnten zwei Katzen, wir Frauen von Yellow Gate, dem Hauptlager, wechselten und ab, dort die Stellung zu halten. Und es wurden regelmäßige Demonstrationen geplant vor der Gate der US-Base, drinnen auf militärischen Gelände, und wir fuhren auch zu Übungen des US-Militärs in Salisbury Plain. Wir hatten zwei Autos, einen weißen Bulli und einen klapprigen anderen Wagen.

Wir Yellow-Gate-Frauen lebten da an einer Straße vor der US-Basis, also am Puls der Zeit, und viele von den vorbeifahrenden Lastwagenfahrern hupten und grüßten uns. Quer über die Straße war eine Wasserstelle mit einem großen Wasserhahn. Dort mussten wir in großen Kanistern unser Wasser holen, das wir täglich verbrauchten. Auch hielt morgens ein Postauto am Camp und Greenham Common Womens Peace Camp war da eine feste Adresse. Natürlich musste ich mich da irgendwie über Wasser halten: Also eröffnete ich ein Konto bei der Barclay Bank im Ort Newbury, was ein paar Busstationen vom Camp entfernt war.

Und ich beantragte beim Amt dort Social Security, weil das Camp in England sehr gut bekannt ist, bekam ich ein Jahr lang Geld vom Amt, das ich jede Woche abholte. In Newbury gab es auch Geschäfte, ein Gericht, und Newbury ist bekannt für seinen Tee. Zum Einkaufen fuhren wir da immer mit unserem weißen Bulli auf den Wochenmarkt. Yellow-Gate-Frauen aßen vegan. Also ich lebte ein Jahr lang vegan. Außerdem gingen wir auch gerne in die Cafés, wo man Tee trank und Baked Beans mit Pommes aß oder Fish and Chips oder Toast. Ich erlebte die Engländer als sehr höfliche, freundliche Menschen.

Wir lebten dort wie die Indianer in Tipis und Zelten, als Toiletten dienten Shit Holes, die man immer neu im Wald grub. Und wir kochten auf

Grills über dem Feuer, das den ganzen Tag brannte und glimmte. Es war auch anstrengend, weil wir jeden Tag Holz holen mussten aus dem Wald und Holz hacken stand auf der To-do-list. Aber es klappte alles wunderbar, wenn es auch hart war, sehr hart. Besonders im Winter und regnen tut es in England sehr viel, alle hatten so grüne, gewachste Jacken an sowie Gummistiefel und Regenhosen, das war der Greenham-Camp-Look.

Unter uns sieben Yellow-Gate-Frauen gab es eine Anführerin mit langen schwarzen Haaren, die Judo-Meisterin war, sie war zusammen mit einer anderen Yellow-Gate-Frau unser Pärchen. Praktisch wir alle sahen uns als Frauen, die stolz für die Rechte der Frauen und für Frieden in dieser Welt kämpften. Wegen des Stresses mit Polizei und Militär war das Leben so hart, dass es auch Streit gab, aber weil wir alle für die politische Aufgabe kämpften, funktionierte es auch.

Zu der Zeit, als ich in England war, lebte ich lesbisch, hatte dort aber keine Freundin. Eine

Frau von uns, wir nannten sie Sput, in die war ich etwas verliebt, aber sie wohl nicht in mich. Sie sagte nur zu mir, dass es mit Ausländerinnen schwierig sei, weil die gehen ja auch irgendwann wieder weg. Dann ist das blöd, wenn man dann zusammen ist. Einmal habe ich auch einen Entrümpelungsanfall bekommen und das Gelände der Sanctuary aufgeräumt und große Blumen gepflanzt, die blühten auch dann ganz wunderbar. So ähnlich wie eine Iris waren die.

Es war einfach wunderbar, so mit Mutter Natur zu leben und etwas für diesen Weltfrieden zu tun, das trieb mich an, jeden Tag hart zu arbeiten und auch den vielen Regen zu überstehen. Und gleichzeitig nur mit Frauen zu leben war einfach sehr beruhigend. So ohne Männer, die fehlten mir überhaupt nicht. Oft gab es auch Alarm in der Base, dann gingen die Sirenen los, weil die wieder irgendwelche Übungen machten. Die Yellow-Greenham-Common-Frauen wussten genau Bescheid über die Militär-Base, wann die Übungen mi den Cruise Missiles machten und wo dann das Militär genau hinfuhr auf der Salisbury

Plain, das war auch inmitten von Steinkreisen und Kraftorten. Dann standen wir vor dem Tor der Base und sangen ganz laut Frauen- und Friedenslieder als Protestaktion und fuhren dem Militär hinterher und betraten dann militärisches Gelände, wo die auch Life Firing machten, also auch geschossen haben.

Und dann haben wir da gewaltfreie Aktionen gemacht, wurden verhaftet und abgeführt und dort dann verhört. Wir sagten dabei immer nur ruhig, was wir einstudiert hatten. Politische Texte für den Frieden und dass wir sonst keinen Kommentar abgeben, no Comment.

In dem ganzen Jahr, als ich in England war, war ich nur einmal beim Zahnarzt, sonst nie zum Arzt, abgesehen von diversen Kleinigkeiten hatte ich schon immer eine gute Gesundheit. Wir Yellow-Gate-Frauen waren wie eine Gang, eben mit einer Anführerin. Und wir alle wollten die Welt verändern, was wir auch taten, wir alle haben Zeitgeschichte geschrieben. Aber es war ein sehr hartes Leben, das mich viel gelehrt hat, eben selbstbewusst aufzutreten und eine Meinung zu allem zu haben.

An meinem 20. Geburtstag sind wir mit unserer Klapperkiste zum Avebury Steinkreis gefahren, ob im Zusammenhang mit einer Aktion weiß ich nicht mehr, aber ich war schwer beeindruckt von dem Gelände. Dort gab es auch einen Souvenirshop. In der Nähe des Kreises war ein großer Stein mit einer Sitzmulde. Er heißt „Devil's Chair" und dort setzte ich mich hinein. Die Frauen schenkten mir eine Schale und ich habe dann vor Lebenskraft geschrien, warum, weiß ich nicht mehr. Aber ich glaube, dass das Schicksal war, dass da die Kraft der Druiden von Avalon und der Unterwelt in mich eindrangen. Es war meine Einweihung als Hexe und auch stand ich von da ab unter göttlichem Schutz.

Während dieser Zeit stand ich auch in Kontakt zu meiner Oma, mit der ich telefonierte, nur ein paar Mal. Sie starb 1996.

Wenn das Militär mit den Cruise Missiles rausfuhr auf die Salisbury Plain, ein Gelände, wo auch Steinkreuze und Kraftorte sind, haben die

Yellow-Gate-Frauen irgendwie Bescheid gewusst und wir folgten dem Konvoi, dann haben wir die militärischen Übungen gestört. Aber natürlich nur durch gewaltfreie Aktionen. Wir standen da, haben gesungen und uns an den Händen gehalten. Da war ich ungefähr so fünf Mal dabei, dann wurden wir auch da verhaftet und verhört und auch auf diesem Gelände und Stützpunkten und Polizeiwachen in Zelten gesperrt. Dabei mussten wir ganz ruhig bleiben, da wurden wir aber von den Frauen angeleitet, wie wir uns verhalten sollten.

Diese Verhaftungen wurden zusammengelegt und wir wurden dann in Newbury vor Gericht angeklagt, militärisches Gelände betreten zu haben usw. Gegen mich wurde eine Geldstrafe verhängt, die ich zum einen gar nicht bezahlen konnte und zum anderen sagte ich vor Gericht: „Ich bezahle das nicht, weil es für den Frieden und die Abrüstung war und gehe lieber in den Knast." Das kam dann auch so. Ich wurde abgeholt und nach London in das berühmte Holloway-Frauengefängnis gebracht, wo ich zirka fünf Tage bis zu einer Woche in einer Gemeinschaftszelle saß. Dort saßen Frauen wegen Drogenhandel und anderen Sachen. Bis auf eine Meinungsverschiedenheit habe ich mich mit den Frauen gut verstanden. Ich denke, wenn man da sagt, man ist eine Greenham-Common-Frau, dann ist man da gut angesehen. Ich kam bloß aus der Zelle, um in den Essenssaal zu gehen, glaube ich, und das Essen war durchaus in Ordnung. Die Schließer waren ganz normal. Ich denke aber, wenn man da länger einsitzt, so ein oder mehrere Jahre, dann könnte es schon zu Angriffen und Schlägereien kommen, der Knast ist eben auch sehr hart. Man verändert sich, wenn man in der Zelle sitzt und ist nie wieder so wie vorher.

Als ich entlassen wurde, was das ein Segen und ich wurde, glaube ich, wieder zurückgefahren oder fuhr mit dem Zug, genau weiß ich das nicht mehr. Mit einer Frau, die aus Schweden kam, mit langen blonden Haaren, hatte ich Streit und nach einem Jahr Greenham und einem Jahr England wollte ich wieder nach Deutschland. Die

Anführerin sagte zu mir: „Wenn du jetzt gehst, brauchst du nicht mehr wiederzukommen." Die stand irgendwie oft wie unter Strom und ich wurde da schon respektiert, sonst hätten die mich nicht in die Gruppe aufgenommen. Meine Oma schickte mir zum Glück Geld und damit fuhr ich nach London, buchte mich in eine Pension ein und buchte einen Flug nach Bremen. Auf den Flug musste ich noch ein paar Tage warten. Goodbye, Greenham.

1996 schrieb ich nochmal nach Greenham und bekam eine ganz liebe Karte, unterschrieben von allen Frauen. Ich spielte auch öfter mit dem Gedanken, mal wieder nach Greenham zu fahren, aber dann erfuhr ich, dass das Camp 2000 geschlossen worden war und da jetzt eine Gedenkstätte ist. Die Cruise Missiles wurden auch abgezogen. Also war meine Arbeit, unsere Arbeit, ein voller Erfolg. Noch heute bin ich stolz, eine Greenham-Frau zu sein.

6. Kapitel - Rotlicht

Als ich von England wiederkehrte, 1991 im Januar, bin ich mit dem Flieger beim Airport Bremen gelandet und lebte dann Am Dobben und dann Am Wall in Bremen. Weil ich nur Sozialhilfe bekam und das nicht reichte, beschloss ich, in einer Bar zu arbeiten. Putzen wollte ich damals nicht. Wahrscheinlich fiel mir das nicht schwer, an-schaffen zu gehen, weil ich in meiner Familie schon massive Gewalt erlebt habe, zwar keinen sexuellen Missbrauch, aber Schläge und Psychoterror. Anders kann ich mir das nicht erklären. Zuallererst sah ich mir eine Spelunke in Walle an, das war aber so gruselig, dass ich weiter suchte. Ich habe mir so einige Clubs und Bars an-geschaut, wenn sie mir gefiel, habe ich da auch länger gearbeitet und habe teilweise auch richtig gut verdient. Ich zählte morgens immer die Hunderter. Auf Privat, in der „Helene" und im „Parise" war es sehr gut. Im Nobel-Club „Parise" bekam ich 50/50 und das Geld immer im Umschlag mit Name drauf, so bewahre ich noch heute mein Geld auf. Im Puff habe ich viel gelernt und mir abgeschaut und beibehalten, so auch einen Wäschekorb wie auf Privat habe ich auch heute noch. Auch Privat war es 50/50, also die Hälfte war für mich. Dann habe ich angefangen, im „Red Horse" nachts zu arbeiten. Das war so eine alteingesessene Bar am Bremer Bahnhof mit Striptease mit so richtig tollen Kostümen, wir hatten da zwei Tänzerinnen und viele Touristen kamen ins „Red Horse". Es gab auch Separees, da war ich aber ganz selten, meistens ging es um Unterhaltung mit Pussieren, mit Sekt und Schampus. Im „Red Horse" war ich auch angemeldet, das taucht auch in meinen Rentenunterlagen auf. Da habe ich sehr gerne gearbeitet. Da habe ich auch das erste Mal Krimsekt getrunken. Gearbeitet habe ich in folgenden Läden, so etwa in der Reihenfolge „Red Horse", „Salome", „Muschel", „Parise", und „Helenenstraße" und auf Privat (Privatwohnung). Am längsten war ich in der „Helenenstraße", so ein rundes Jahr. Angeschafft habe ich drei bis dreieinhalb Jahre Vollzeit mit sehr wenig Urlaub und frei. Am Anfang wurde ich im „Red Horse" auch mal gefragt, ob ich Striptease tanzen will, aber da sagte ich nein, weil ich da nicht so ein Talent für habe. Getanzt habe ich nur mal für einen Gast im Club, der mich für zwei Flaschen Schampus auf dem Zimmer gebucht hatte, also da hatte ich eine hohe Auszahlung, der hat vor mir gekokst und ich sollte nackt für ihn tanzen und dann wollte er mir mit `ner Schere die Strumpfhose kaputtschneiden. Sonst war der sehr nett, alles harmlos, mehr nicht und guter Verdienst. Also im Club musste man richtig abliefern und Sex haben, da konnte man die Freier nicht abziehen wie in der „Helenenstraße", heute tun mir die Freier leid, die ich abgezogen habe und das habe ich auch nicht so oft gemacht. Stolz bin ich darauf nicht. Einmal arbeitete ich in einer Bar und wurde für einen Hausbesuch gebucht, das war ein ganz Harmloser, der hat mir 1.600 DM gegeben, in bar, und mit dem habe ich nicht viel gemacht. Ja, natürlich habe ich den dann nicht als Stammkunden gehabt, ich wollte einfach meine Zeit absitzen. Der hatte `nen ganz schicken dicken schwarzen Schlitten und machte so in Termingeschäften. Da ich keinen Zuhälter hatte, habe ich vom Frauenhandel nicht so wirklich persönlich was mitbekommen, außer dass mal ein Zuhälter mit mir zusammen sein wollte, was ich zum Glück abgelehnt habe, dann sah ich mal in der „Muschel" (Club) eine ältere Asiatin, und ich sah in der „Helene" eine wirklich übel zugerichtete Kollegin, die war im ganzen Gesicht grün und blau. Das war schon schlimm, auch eine andere Frau sah ich an der Lippe verletzt. Natürlich erzählten mir die Frauen auch von ihren Zuhältern, was sich nicht immer so nett anhörte. Ich habe da auch echt fiese Sachen gehört.

In der Zeit, wo ich anschaffte, hatte ich keine soliden Freunde oder Kontakte, der Puff war auch wie ein Zuhause für mich. In der Helene habe ich in meiner gemieteten Wohnung auch oft geschlafen. Auch wenn ich weiß, dass J. K. und R. Zuhälter waren, würde ich sie gerne nochmal treffen, grüßen und sie fragen, wie es ihnen heute geht, denn ich mochte sie. Und denke noch öfters an sie. J. habe ich auch jetzt ein paar Mal in der Stadt gesehen. Ob sie mich sah, weiß ich nicht.

Als ich in der Privatwohnung gearbeitet habe, habe ich ganz gut verdient, den Preis konnte ich selber bestimmen und die Hälfte ging ans Haus und da wurden Kontakt-anzeigen geschaltet und die riefen bei uns an, wenn wir uns am Telefon gut verkauft hatten, kam der Freier dann vorbei. Besitzer war so eine Gruppe von Zuhältern, die manchmal auch vorbeikamen und einer davon war unser Wirtschafter, also war oft da. Den mochte ich auch, einer davon hatte auch `ne Disco und dann hatten die damals im Viertel so einen Klamottenladen, da passte er dann draußen auch auf die Kleider auf, die als Angebot auf der Straße standen.

Ich mochte R. Er hatte eine Frau, mit der er zusammen war, die arbeitete in einer anderen Wohnung, sie sagte einmal zu mir: Von R. komme ich nicht los, wenn ich den verlassen will, überlebe ich das nicht." Und das glaube ich ihr auch. Jedenfalls zeigte R. mir, wie ich telefonieren sollte und sagte zu mir, ich könnte ja neue Frauen einweisen. Das habe ich dann, glaub' ich, auch mal gemacht. Und die Krönung war mal, dass alle Frauen ein Buch von den Chefs bekamen als Geschenk: „Sorge dich nicht, lebe", von Dale Carnegie. Das ist eigentlich ein gutes Buch. Naja, aber ob man das so gut anwenden kann, wenn man als Hure anschaffen gehen muss, bezweifle ich. Einmal sagte er zu mir, „Du bist keine Hure." Naja, und dann fragte er mich, ob ich mit ihm zusammen sein will, was bedeutet, dass von meinem Lohn nochmal die Hälfte an ihn geht, und er erzählte mir, er würde für mich ein Sparbuch anlegen. Ich mochte ihn und fand ihn sehr attraktiv, aber ich sagte nein, zum Glück. Wir unterhielten uns viel und seine Annäherungs-versuche wehrte ich aber ab.

Später erfuhr ich durch einen Anruf irgendwie, dass bei mir eingebrochen wurde. Ich fuhr nach Hause und beschloss, dort aufzuhören, weil ich sofort ausziehen wollte und ich wusste, dass das die Drogensüchtigen von nebenan gewesen waren und ich da nie sicher sein würde. R. war auch dann ungenießbar geworden, schrie mich an, wohl auch, weil ich ihn ablehnte. Leider habe ich ihn dann vor langer Zeit später noch mal vor diesem Klamottenladen gesehen und dann nie wieder.

Was ich zum Arbeiten in dieser Wohnung sagen muss, dass ich eigentlich ein sehr angenehmes Arbeiten da hatte und die Zuhälter korrekt zu mir waren, während der Zeit ging ich auch zum Karatetraining und zeigte denen Fotos davon. Die lachten und sagten, sie wären schon gespannt auf meinen ersten Kampf. Und ich habe mir ja dann nach dem Einbruch Wohnungen angeschaut und da haben die mich auch mal hingefahren mit `nem Hummer, `nem richtig dicken Auto. Gezwungen wurde ich nie zu irgendwas. Was die anderen Frauen so gemacht haben, weiß ich nicht.

Für einige Zeit habe ich auch mal im „Salomé" in Delmenhorst gearbeitet. Da bin ich nach dem Karate immer mit dem Zug hingefahren, das war es ein sehr nettes gutes Arbeiten, da war auch mal ein Freier, der hat bei der Wasserschutzpolizei gearbeitet. Mit dem habe ich mich auch privat getroffen, ich mochte ihn, sonst hätte ich das wohl nicht gemacht, aber mehr nicht, es ging mir mehr ums Geld, leider hatte ich damals so eine Einstellung. Also nach der Arbeit morgens habe ich in der Zeit des Anschaffens immer die Hunderter gezählt, aber richtig genießen konnte ich das damals nicht, schade eigentlich. Ich ging fast immer essen, fuhr Taxi, kaufte mir Schmuck und Klamotten. Einmal hatte ich dann 10.000 DM auf dem Konto gespart. Geblieben ist mir von dem Geld nichts, so geht es wohl den meisten Huren. Sie landen in Hartz IV. Mir war gar nicht bewusst, in was für gefährlichen Umständen ich damals war. Für mich war es nur ein Job. Was vielleicht mit manchen Frau-en da gemacht wurde, darüber dachte ich nur wenig nach. Ich dachte nur ans Geld. Ich habe damals auch eben sehr viel Glück gehabt, dass mir nichts passiert ist.

Die Zeit im „Parise" hat mich schon sehr geprägt, danach fing ich ja in der „Helenenstraße" an, weil die Sekttrinkerei und immer nachts arbeiten und besoffen sein machte mir schon schwer zu schaffen. Und einer Frau habe ich dann vorgeschlagen, auch dort zu arbeiten und erklärte ihr auch dann, wie das so ging, bei ihr war ich auch zu Besuch. Sie hatte schöne Spiegel an den Wänden wie im „Parise", Leder-sofas und einen Kampfhund. Leider habe ich sie nie wiedergesehen.

Mit der Chefin vom „Parise" J. K. bin ich auch mal im „Stubu" gewesen, einer ange-sagten Disco in Bremen, und sie sagte „Das ist mein Mädchen." Und privat bin ich dann auch öfters gewesen. Und auch einmal mit anderen Mädchen vom „Parise" zu einer Weihnachtsfeier. Im Laden hatte sie immer ein weißes Kleid an und schwarze längere Haare und, wichtig zu betonen, trug sie meistens eine Kette mit Darth-Vader-Kopf-Anhänger. Sie gehörte wohl eher zur dunklen Seite der Macht. Und sie war auch eine recht strenge Chefin, aber ich mochte sie. Und würde gerne erfahren, wie es ihr heute geht.

Später erfuhr ich nochmal, dass sie in der City `ne Kneipe hat und da war ich dann auch noch ein paar Mal. Aber dort nochmal nachzuschauen, traue ich mich gar nicht.

Wenn ich heute so darüber nachdenke, was ich in meiner Jugend und damaligen Zeit gemacht habe, dann wundere ich mich sehr, wie mutig ich war und was ich mich alles getraut habe und das alles ganz alleine. Aber auch etwas naiv, mir hätte so viel passieren können. Gott und die Engel und mein Drache waren echt bei mir.

7. Kapitel - Karate

Nach meinen Gewalterfahrungen und auf meinen Reisen habe ich auch öfter Angst Opfer zu werden und auch, meinem Bruder zu begegnen. Als ich in Hamburg lebte, ging ich in einen Selbstverteidigungskurs für Frauen und die Trainerin kam aus dem Karate und war Lesbe. Da wurde mir schon klar, dass ich irgendwann mit Karate anfangen will.

Als ich aus England wieder da bin in Bremen, fange ich an beim BTS Neustadt, mit Karate, und mache da auch meine erste Prüfung. Insgesamt habe ich bis zum Grüngurt Prüfungen gemacht.

Dann fand ich aber einen richtigen Karate-Club, wo es fünfmal die Woche damals noch Training gab und der Trainer, vielleicht Meister, war 9, Dan. Dort machte ich dann auch fünfmal die Woche Karate und ging gleichzeitig anschaffen. Jeden Tag mit selten frei. Heute wäre das für mich ein Widerspruch, damals nicht. Glücklich war ich damit nicht. Ich wollte mein Leben auch irgendwie in Ordnung bringen. Was ich später ja auch in Angriff nahm. Ich fing an, Psychodrama, Therapie, einmal die Woche zu machen bei einer richtigen Therapeutin, die auch sehr gut war. Ungefähr zehn Monate machte ich das, meine Oma bezahlte mir das damals und da bearbeitete ich meine Probleme und ich bekam meine erste große seelische Krise und Erkrankung, dazu später mehr. Aber das, was ich mir wünschte, alles zu regeln in meinem Leben, das passierte dann ganz von selbst.

In der Karatezeit machte ich auch manchmal Urlaub und besuchte dann Karate-Lehrgänge, die auch manchmal Freizeiten waren, wo gezeltet wurde. Einmal war ich auch mit dem Karate-Club in Spanien. Und einen Karate-Wettkampf habe ich auch gemacht. Kämpfen wollte ich auch, aber bis dahin habe ich es nicht geschafft.

Mit Kampfsport in Kontakt gekommen bin ich ja in Hamburg, das war so 1988. Mit Karate habe ich dann so 1991 angefangen. Eine Trainerin vom Club hat mir mal gesagt, ich wäre die Stärkste der Frauen und ein Freefight-Trainer sagte mir ein anderes Mal dasselbe. Vielleicht war ich nie ein Schwarzgurt und konnte den Ablauf der komplizierten Karatetechniken nicht am besten, aber ich war und bin stark und eine Kämpferin. Es war schon klar, dass ich bei meiner Flucht 1987/88 beschlossen hatte, für mich und meinen Lebensweg um mein Glück zu kämpfen.

Der Hauptkonflikt in diesem Buch ist der Zusammenbruch meiner Familie, die Gewalt, die ich erlebte und dass ich von da an alleine war und kämpfte, und durch eine Magierin ins Leben fand und zu meiner Lebensaufgabe fand, Menschen zu helfen, die auch Schweres durchmachen. Und dass im Kirchweg 88 dann auch das Happy End kam, und dass es am Ende meines Lebens bis zum

Ende meines Lebens noch viel mehr meine Träume in Erfüllung gehen werden, daran glaube ich ganz fest.

Ich habe dann auch später, ungefähr 2012, auch öfter beim Freefight-Training zugeschaut, da war mir aber sehr schnell klar, das und Boxen ist mir viel zu brutal, obwohl ich sehr stark bin. Aber ich will nicht ins Gesicht geschlagen werden und beim Karate ist das nur Semi-Kontakt zum Bauch, also nicht ins Gesicht, und wenn, dann nur sehr selten. Na, man muss das als Frau immer realistisch sehen. In Filmen wird das so dargestellt, dass Frauen auch gegen Männer kämpfen und gewinnen, das halte ich für unrealistisch. Weil Männer erheblich stärker sind als Frauen und ein Karate-Mann aus dem Training hat mir das auch bestätigt.

Ich habe insgesamt fünf bis sechs Jahre Karate trainiert, mit Pause. Aufgehört habe ich wegen der ersten Krise und habe dann von 2011 bis 2013 weitergemacht und Prüfungen wiederholt, denn man muss schon regelmäßig trainieren, um die Techniken und Katas richtig auszuführen und gelernt zu haben. Ich hatte regelmäßig blaue Flecken und habe mir zweimal denselben Finger gebrochen, das war sehr schmerzhaft. Teilweise war ich so drin im Training und liebte es so, dass die Pause mir schwerfiel.

Ich habe durch Karate sehr viel gelernt mit anderen im Team zu wirken, auf andere Menschen einzugehen. Karatefilme liebte ich auch mal eine Zeitlang. Karatekid usw. Das waren meine Vorbilder. Ich habe mir zum Schluss aber, wie gesagt nochmal den Finger gebrochen und meine Hände waren dauernd verstaucht. Von daher ist es ganz gut, dass ich mit Karate aufhören musste. Es kam auch raus beim Orthopäden, dass an meiner Hüfte ein Knochenüberwuchs war und deshalb hatte ich beim tiefen Stehen auch Schmerzen.

Dass ich aufhören musste, war erst schlimm für mich, aber letztendlich gut, weil mich Karate auch sehr aggressiv machte. Mein ganzes Denken drehte sich um Karate. Es war auch eine Lebenseinstellung für mich. Wir lernten auch Bretter mit der Faust und Fußtritt zu zerschlagen und ich schrie dabei und war wahnsinnig stolz. Ich bin auch immer noch stolz darauf, Karate gemacht zu haben, Vieles verlernt man ja auch nicht. Ich lernte zu schlagen und zu treten, nach vorne zu gehen und zu schreien. Und ich schrie laut. Ich liebte es, mit Männern zu kämpfen und Trainieren hat mich stark gemacht, fast das erste Mal in meinem Leben habe ich auch mal Wettkämpfe gewonnen. Das Zusammengehörigkeitsgefühl war auch schön im Team und das Hinknien vor dem Training und das Verneigen.

Ich übte damals auch Karate bei uns hier in Bremen im Bürgerpark, Kata und Techniken, das ist seelenbefreiend draußen in der Natur und auch bei mir in der Wohnung. Mit Karate fühlte ich mich immer drei Meter groß, wie eine Löwin.

Mein Trainer W.-D. war der absolute Boss, sehr streng und autoritär. Aber er beurteilte mich meistens ganz korrekt, benannte meine Stärken und Schwächen bis zu dem letzten Streit, den wir hatten. Das Problem war, dass ich mich schlecht unterordnen kann, auch unter Männern, die haben im Karate das Sagen. Obwohl ich mir Mühe gab, den Anweisungen zu folgen. Man durfte auch am besten nicht sprechen beim Training. W.-D. sagte mir mal auf einem Lehrgang: „Du wirst von den Göttern geliebt." Und: „Dorothee macht Straßenkampf." Aber letztendlich glaube ich nicht, dass er mich richtig verstehen konnte. Es gab dann im Training öfter mal Streit und ich musste mich an die Seite setzen und er drohte mir damit, mich aus dem Verein zu werfen, so dass ich dann von selber gekündigt habe. Das war alles sehr schlimm für mich, weil Karate mein Leben war und ich trainierte bis vor der vierten Krise in einem anderen Verein weiter bis zuletzt. Aber da ging es mir auch einfach zu schlecht. Dann, als ich in der Klinik war, machte ich Karate im Krankenhaus-Garten mit Kampfschreien und allem und es gab da sogar einen Boxsack. Ich nahm den Kampf auf, den Kampf meines Lebens.

Als ich damals mit Karate anfing, habe ich mir bei London Dave hier in Bremen ein Drachen-Tattoo stechen lassen, das auch sehr schön geworden ist. Die Farben sind auch nach 27 Jahren stark. Und dieser Drache hat mich beschützt und tut es immer noch. 2018 habe ich dann ja einen Qi-Gong-Kurs gemacht, der sehr gut war.

Auf den Lehrgängen habe ich auch Zen-Meditationen mitgemacht, das ich längere Zeit auch zuhause auf einem Meditationskissen gemacht habe.

Das Training war oft sehr hart, aber ich mochte das, gefordert zu werden. Aber öfter beim Pratzentraining, da traten die Männer so hart zu, so dass ich dachte „Mannomann." Wenn ich aber mal selber Anweisungen geben konnte, war ich total stolz und happy.

Als W.-D. dann umgezogen ist, habe ich beim Umzug geholfen. Und auch auf dem Sommerfest war ich im Garten des neuen Hauses dabei, das war ganz schön. Beim Karate gibt es ja so eine Rangordnung der Gurtstufen und öfter hatte ich mal Streit beim Training und W.-D. ohrfeigte mich. Da war bei mir der Ofen aus. Später habe ich ihm gesagt, dass ich das nicht OK fand und er gab das dann zu. Ich bin dann aus dem Verein ausgetreten. Das war so zirka 2013. Vor der vierten großen Krise.

8. Kapitel – 1. Krise, Klinik, Engel Cherubin.

So im Jahr 1994 wurde mir alles zu viel, trotz des Geldes gefiel mir das Anschaffen überhaupt nicht mehr. Ich machte ja schon zehn Monate auch eine Psychodrama-Therapie, wo all der ganze Modder meines Lebens so hochkam. Die Therapie half und die Therapeutin war sehr gut und gleichzeitig ging ich im Puff anschaffen. Und ich machte oft und vor der Arbeit Karate. Kein Wunder, dass meine Seele sich ein Ventil suchte und mein Kessel explodierte, denn das alles passt nicht so gut zusammen.

Also bekam ich eine herbe Psychose und hörte Stimmen, ausgelöst durch die Therapie und hatte ich als Jugendliche viel Haschisch geraucht. Jedenfalls bin ich Bus gefahren und habe dann einen Mann angegriffen und geschlagen. Die

Polizei kam und nahm mich fest. Vor lauter Angst habe ich in die Hose gepisst. Es war schlimm, ich bin vollkommen ausgerastet und ich bekam einen Beschluss, also geschlossene Psychiatrie. Haftstrafe als Krankenhaus Bremen-Ost und dort blieb ich anderthalb Jahre, um mich zu erholen und zu ordnen.

Einerseits ist meine Erfahrung in der Psychiatrie, dass man mit Ärzten und Pflegern zusammenarbeiten sollte. Aber ich habe andererseits auch immer gesagt, wenn ich etwas nicht wollte und man muss seinen eigenen Weg gehen und planen und nicht die Wege gehen, die Ärzte vorschlagen. Sonst kommt man schnell in die Psychiatrie-Spirale, aus der man schwer wieder rauskommt, von Betreutem Wohnen, Tages- und Arbeitsstätten für Behinderte usw. Viele Kranke bleiben dort fremdbestimmt für den Rest ihres Lebens. Das wollte ich nicht und schwamm gegen den Strom; und habe ja auch letztendlich gewonnen.

Die Menschen werden da in der Psychiatrie praktisch auch krank geredet. Natürlich glaube ich, dass all diese Ärzte und Psychologen sich für mich freuen, dass es mir so gut geht, aber man muss auch mit Widerständen und Diskussionen klarkommen, wenn man sich durchsetzen will, um den eigenen Weg zu gehen.

Ich war zwar abgegrenzt, aber auf der anderen Seite auch sozial mit anderen. Kurz nach meiner Einlieferung habe ich dann eine Krankenschwester geohrfeigt und wurde mit Gurten fixiert und das die ganze Nacht lang bis zum Frühstück.

Ja, natürlich war ich auch viel in Kontakt mit anderen, da bleibt einem auch nichts anders übrig, wenn man mit ein, zwei anderen auf einem Zimmer liegt. Es ergeben sich dann Kontakte, mit denen man sich dann unterhält und austauscht.

Das Hauptgebäude vom Krankenhaus Bremen-Ost nannte ich Turm des Todes, auch, weil sich da auch schon Leute vom Dach gestürzt haben. Auch ist es normal, dass man dann von Leuten, die man vor der Station her kannte, erfuhr, dass sie sich umgebracht haben.

In dieser ersten Krise, in diesen anderthalb Jahren hatte ich zwei Affären-Beziehungen mit Männern, mit C. B. und S. B.. Christian und Stefan, die waren schon wichtig für mich und das mit Stefan ging auch nach der Klinik weiter. Am besten ist eine Psychose zu verstehen, dass sie mit deinem Lebensweg zu tun hat. Es ist so etwas wie eine Selbstreinigung der Seele, obwohl vieles dann keinen Sinn ergibt, sollte man erforschen, was die Seele einem sagen will.

In der Klinikbibliothek bin ich auch öfter gewesen und habe gelesen. Unter anderem auch das „Ägyptische Totenbuch", das viel später wieder mit mir in Kontakt trat durch Marion K.

Natürlich war nicht alles toll in der Psychiatrie, aber im Nachhinein war es gut, dass ich da war und es hat mir auch schon sehr geholfen, auch die Medikamente. Auch, wenn ich davon mal einen epileptischen Anfall hatte. Man überlebt dort von Tag zu Tag. Frühstück, Medis, Therapien, Mittag, Freizeit, Abendessen, Medis, und auch viel im Bett liegen. Zwischendurch habe ich mich entlassen lassen und mir eine Wohnung genommen, obwohl ich noch nicht gesund war. Es gibt nur Tage in der Psychiatrie, da will man einfach nur weg. Da lag ich in dieser Wohnung und war verzweifelt. Da erschien mir ein Engel in weißem Gewand mit zwei großen Flügeln. Er sagte, er heißt Cherubin. Den Namen kannte ich vorher gar nicht. Es sind hohe Engel aus der Bibel. Er sagte: „Geh' wieder in die Klinik und mache deine Therapie zu Ende." Das habe ich gemacht, die Wohnung gekündigt und es wurde gut. Seitdem begleitet mich Cherubin.

Bei meiner ersten großen Krise war Teil meiner Psychose, wo ich Am Dobben wohnte und, glaube ich und gleichzeitig Therapie und Karate machte, dass ich in einen Karate-Trainer verliebt war und eine sogenannte Erotomanie hatte. Und ich habe sogar bei ihm angerufen. Da sagte er: „Dreh' dich um und schlaf' weiter." Was ich sagte, weiß ich nicht mehr. Und ich dachte, ein Sonnengott hat von mir Besitz ergriffen und rief auch in der Klinik die ganze Zeit: „Du bist meine Sonne!"

Heute weiß ich, dass ich von einem Geist geritten wurde so, wie es im Voodoo passiert, und diese Gottheit rettete mich aus dem Milieu und all meinen Problemen und Sorgen. Vielleicht war es der ägyptische Sonnengott Ra. Weil, heute weiß ich ja mehr über mich und durch M. K., dass ich in einem früheren Leben als Priesterin im Horus-Tempel diente. Vielleicht war es ja auch Horus, aber dass es so war, steht für mich fest.

So in meinen Psychosen kam es mir vor, als wenn die Zeit stehenblieb, einmal war ich auch am Werdersee, in dessen Nähe ich ja heute, 2018, wohne, und saß da im Gras am Ufer und ich dachte, ich sei ein Faun und um mich herum waren Feen und Elfen. Und ich war ein Elfenkönig, halb Frau, halb Mann. Und ich dachte felsenfest, dass es so war. Aber diese Psychosen waren sehr gespenstisch, ich fühlte mich von einer Macht besessen und getrieben.

Ich selber muss zugeben, dass ich Gewalt erlebt habe, aber später dann auch Täterin war und drei Menschen geschlagen habe, einen Mann im Bus, die Krankenschwester und eine Polizistin. Bei zweien konnte ich mich später dafür entschuldigen, aber dann habe ich mein ganzes Leben komplett geändert und bin nur noch ehrlich, aufrichtig und zuverlässig. So kommt man am besten durchs Leben. Das ist meine feste Überzeugung.

In der ersten Krise in der Klinik, als ich die Nacht über fixiert war, und die mich losmachten, am Morgen, dachte ich auch, dass das Frühstück, das sie mir brachten, vergiftet war. Gott sei Dank bin ich mit Medikamenten sehr schnell ohne Wahnideen.

Die geschlossene Station ist aber ein sehr gespenstischer Ort und der Wind heulte damals durch die Fenster. Aber der Aufenthalt in der Klinik, die Beschlüsse, die ich bekam, waren auch jedes Mal voll berechtigt.

Ich habe aber während dieser anderthalb Jahre im Krankenhaus immer fest an mich geglaubt, dass es wieder besser wird, dass höhere Mächte, Engel und Götter, mich beschützen und leiteten.

Ich machte Rituale und trug einen Bergkristall und Pentakel-Anhänger, ich glaube und weiß ganz bestimmt, dass das mir den Erfolg gebracht hat und man ohne so einen Glauben in der Psychiatrie sehr verloren ist.

Einige Klinikgebäude und Stationen sind in einem Park angeordnet, wo man auch mal im Grünen spazieren kann. So verbringt man seinen Tag mit essen, lesen, Therapie-Programm wie Arbeit, Bewegung oder Maltherapie, Beschäftigungstherapie und Gesprächen mit Ärzten, Psychologen oder Pflegern. Wir haben auch Holzarbeiten ausgeführt und Spielzeug, auch Buchbinden kam mal dran, Mandala malen kann ich gar nicht mehr ausstehen. Habe einfach zu viel davon ausgemalt oder man redet mit anderen Patienten oder regelt ein Leben wie Papiere oder was nach der Entlassung kommt. Alles, was man tut, fast alles, und wie man sich verhält, wird vom Personal schriftlich festgehalten.

Wichtig für die seelische Gesundheit ist, dass man sich das Ziel „Gesundheit" setzt, dass man ohne Psychiatrie lebt und man darf sich nicht für sein ganzes Leben im Spinnennetz Psychiatrie verfangen und abhängig machen, hängen bleiben.

Ich lebe heute frei und lasse es mir gutgehen, nur mit Medikamenten und Ärztin, mehr nicht, und helfe psychisch Erkrankten und Menschen, die seelische Heilung brauchen.

Nach anderthalb Jahren wurde ich zur Entlassung gedrängt und wohnte dann in einer betreuten Frauen-WG der Inneren Mission, dann in einer normalen WG, und traf dann ja, ,96, S. B. wieder.

9. Kapitel - Hollerallee, Marion, Magie, Disco-Zeit

Hier beginnt jetzt ein spannendes Kapitel. 1995 bin ich aus der Klinik entlassen worden und fand auch eine sehr tolle Ärztin, bei der ich bis heute in Behandlung bin. Heute aber nur noch wegen der Medikamente und ein bisschen Coaching. Sie hat auch dafür gesorgt, dass ich seit ca. 2005

Grundsicherung bekomme, was mein Leben sehr vereinfacht hat, weil es ja wie eine Rente ist. 1996 habe ich dann in einer Zeitschrift die Anzeige von Marion gelesen. Weiße Magie, altägyptische Magie und Rituale. Und ich habe ein Ritual, erstmal eins für Glück für mein Leben bestellt, bezahlt, und später ein Partnerzusammenführungsritual. Ich kam mit Stefan ja auch nochmal zusammen, aber mehr als ein schönes Abschlusswochenende wurde es nicht, aber immerhin. Jedoch hat Marion sich sehr intensiv um mich gekümmert. Jede Woche schrieben wir Post hin und hier. Sie schickte mir Übungen und Geschenke, wie Steine, Anhänger, Zaubersprüche, und sie coachte mich ganz hervorragend und liebevoll. Seltener telefonierten wir auch miteinander. Von da an ging es in meinem Leben bergauf, weil es mir wirklich schlecht ging nach der Klinik.

Und der Schlangenanhänger war sehr stark. Magisch aufgeladen. Ohne M. K. hätte ich es nicht bis hierhin geschafft. Später dann, ca. *98, fuhr ich auch mit dem Zug zu ihr, weil ich einen

Magie-Fernkurs gemacht habe. Und sie inserierte für mich, da war ich eine ihrer Magierinnen, das war teuer, und ich hatte zwar erfolgreiche Kunden, aber nicht genug, als dass ich davon hätte leben können. Ich war wohl noch nicht soweit oder mein Weg sollte eine andere Richtung nehmen. Ich stand dann immer telepathisch geistig mit ihr in Kontakt. Bis sich 2015 unsere Wege leider wegen meiner Dummheit trennten.

Ca. 2015 misstraute ich Marion, weil ihre Briefe nicht ankamen und für sie war das zuviel. Leider kann ich die Trennung nicht rückgängig machen, aber ihre starke Magie und die Rituale, die für mich gemacht hat, wirken immer weiter, für immer. Ca. 1998 zog ich in die Hollerallee ein, wo ich vierzehn Jahre wohnte und das sehr glücklich. Bis zur Krise, dem Hausverkauf 2012, und meinem Auszug 2013. Im Jahr 2000 war ich nochmal aber kurz in der Klinik und danach in der Tagesklinik und daraufhin fing ich an zum Sozialpsychiatrischen Dienst zu gehen und das bis ca. 2008, also acht Jahre. Das hat mir sehr geholfen. Dann hatte ich aber das Gefühlt, das kommt noch mehr für mich. Ich wollte erfolgreich und berühmt werden und dabei hat Frau S. mich behindert. Ich bin dann richtig ausgerastet, habe auf den Tisch gehauen und es beendet. Ich wollte mich auch nicht fremdbestimmen lassen. In dieser Zeit war ich auch in einer Selbsthilfegruppe, drei Jahre. Das war aber auch gut für mich.

Nochmal zur Marion, der Magierin. Ich weiß, es gibt viele Scharlatane, aber ich bin überzeugt, dass Marion fähig war und eine sehr starke Magie ausgeübt hat. In der Hollerallee begann sich dann auch mein Leben immer mehr zu stabilisieren. Damit, dass ich keinen Kontakt mehr zu Marion habe, damit habe ich Frieden geschlossen. Über meinem Schreibtisch hängt ein Bild von ihr und ich wende ihre Zaubersprüche an. Für mich bin ich für immer in Kontakt. Sie hat immer an mich geglaubt und hat bestimmt auch ihren Frieden mit mir gemacht.

So 2007 kam ganz viel Neues und Bewegung in mein Leben. Ich brauchte Geld und hörte über die Selbsthilfegruppe von Nachbarschaftshilfe. Dann bewarb ich mich beim DRK Roten Kreuz und wurde auch genommen, relativ schnell hatte ich die Stelle bei Frau Becker, wo ich fünf Jahre blieb und gerne gearbeitet habe. Leider sind die alten Menschen oft gehässig und meckern, weil sie selber Schmerzen haben und das war auch der Grund, warum ich dann 2012 gekündigt habe bei Frau Becker.

Durch Frau Becker habe Yves Rocher für mich entdeckt und hatte viele gute Kaffeegespräche mit ihr. Zum Geburtstag, Ostern und Weihnachten gab sie auch 20 bis 30 Euro. Dann fing ich auch an, im Weser Kurier als Kartenlegerin zu inserieren und hatte ein paar Jahre so ca. zwei Kunden die Woche. Für mehr Werbung oder Marketing reichte mein Geld nicht und ich steckte mit meinem Business in den Kinderschuhen. Aber dadurch habe ich viel gelernt und auch etwas verdient.

2008 habe ich dann den Döner-Imbiss Kismet für mich entdeckt und schnell fühlte ich mich dort sehr wohl und aß dort ca. dreimal die Woche und mitunter war ich jeden Tag da zum Tee trinken. Ich kenne dort alle, die dort arbeiten, beim Vornamen und wenn keine Gäste da sind, kann man sich auch unterhalten und Späße machen. Nun bin ich dort schon seit zehn Jahren Stammgast und das Kismet wird von einer Familie geleitet und mit einem davon bin ich sogar als Jugendliche zur Schule gegangen. So ist das Kismet auch wirklich mein Schicksal.

Ich mag eigentlich alle, die bei Kismet arbeiten. In einen Türken, der gerade 2018 wieder dort angefangen hat, bin ich sogar etwas verliebt. Er ist aber verheiratet und ich freue mich einfach, wenn er da ist. Alle sind irgendwie Freunde für mich. Ich habe schon so viel mit ihnen erlebt. Ca. 2010 lernte ich so den Sportwetten-Laden kennen in der Bremer City, den es heute da aber nicht mehr gibt, und der Geschäftsführer war öfter im Kismet und einer von da ging da auch oft wetten und man traf sich da auch wieder. Ein Mann im Sportwetten-Laden schenkte mir mal eine Tassimo-Kaffeemaschine.

Und ich ging da meistens jeden Tag hin und trank da einen Kaffee und unterhielt mich mit den Männern, die da zum Spielen waren. Es gab da eine riesige Kaffeemaschine, eher ein Automat, für die Kunden. Ich spielte nur ab und zu mal für wenig Geld einen Tipp oder so, mehr Geld hätte ich sowieso dafür gar nicht gehabt. Und in einen Gast war ich auch mal verliebt, der wollte nichts Festes, wir hatten nur einen One-Night-Stand und dann war es vorbei, weil ich ihm eine Szene machte und mehr wollte. Ja, ja, die Liebe.

So hatte ich überall in der Bremer City Leute, die ich dort traf und mit denen ich mich austauschte, zum Beispiel habe ich mich längere Zeit auch mit einem Security Mann vorm Juwelier unterhalten. Auch heute bin ich fast jeden Tag in der City. Witzig ist auch, dass ich während meiner Disco-Zeit in der Stadt öfter Leute sah aus dem Stubu oder La via oder auch Security und jetzt, wo diese Zeit vorbei ist, sehe ich die auch nirgendwo mehr.

Wie das mit den Fußballwetten so ablief, habe ich da natürlich auch mitbekommen. Es geht dort um Geld und Leid tun mir alle die Männer, die dort täglich viel Geld verwetten und meistens auch spielsüchtig sind Was ich zum Glück nie war. Dann, ab 2010, war ich auch für ein Jahr Stammgast, jeden Tag im Café Rouge am Bahnhof oder es war schon 2009, da fing meine Café-Zeit an, mit vielen Gesprächen und Spaß, und ab dann habe ich für zwei Jahre wieder Karate trainiert und zwei Prüfungen wiederholt, dreimal die Woche, was ich ja auch im Kapitel „Karate" beschreibe.

In dieser Zeit hatte ich vielleicht keinen 08/15-Job, aber ich habe ein erfülltes Leben gehabt und sehr viel unternommen. Discos, Partys, Karate, Rotes Kreuz Jobs, Café-Zeit, Tarot-Beratungen, Sportwetten-Laden, Kismet. Ich habe gelebt, und hatte in der Zeit auch zehn Jahre lang eine sehr gute Freundin, mit der ich mich aber dann zerstritten und getrennt habe. Mit ihr habe ich regelmäßig telefoniert und viel unternommen. Aber am Ende hat es dann nicht mehr gepasst, manchmal muss man sich auch von Leuten trennen, die einem nicht mehr guttun. Ich behalte sie in guter Erinnerung.

So in der Zeit um den Start 2010 fing ich an, dreimal die Woche die ganze Nacht im Bremer Stubu auf der Discomeile Party zu machen, danach ein Jahr im La Viva. Davor, und ich kann mich noch gut an diese Zeit erinnern, war ich schon tanzen auf Alternativ-Partys und dann entdeckte ich für mich das Bremer Nachtleben und ich habe es genossen. Ich habe Glück gehabt, dass mir dort nichts passiert ist, außer Kleinigkeiten, aber das kommt daher, das ich eine gute Menschenkenntnis habe von meiner Zeit aus dem Rotlicht-Milieu. Davon bin ich überzeugt. Zum Stubu war ich ja das erste Mal mit Jasmin vom Parise, Anfang der 90er. In meiner Disco-Zeit war es schon ein hartes Publikum im Stubu. Es gab ständig Prügeleien und die Männer machten auf hart und es waren sehr viele Ausländer da. Und das passte auch teilweise zum einen, weil ich auf orientalische Männer stehe, aber leider wollen die meistens nur Sex. Ich habe in den drei Jahren viele Nächte durchgeredet, gefeiert mit Frauen und Männern. Und durchgetanzt, es gab da immer, gerade im Stubu, so Tanz Battles, wo einige so vorgetanzt haben und alle drumherum standen, auch wenn ich damals schon Anfang 40 war, fühlte ich mich wie 20. Und fühle mich auch immer noch so jung. Und, wie gesagt, hätte jeden Abend 5 Männer haben können, die hätten Schlange bei mir gestanden, aber ich bin wählerisch gewesen und das war auch gut so. Obwohl ich nicht so aufgebrezelt war damals mit Mini und High Heels hatte ich so meine Fans.

In der Hollerallee habe ich bis aufs Ende eine gute Zeit verbracht, mir meinen ersten PC gekauft und ,ne gute Zeit gehabt. Im Stubu bin ich im Nachtleben viel eingeladen worden und mich viel unterhalten, die Menschen, meistens Männer, haben mir ihr Herz ausgeschüttet und von ihrem Leben erzählt.

Einmal traf ich am Tresen auf einen Rocker, der Krebs hatte. Er war sehr schwierig, aber akzeptierte, dass ich nur reden wollte. Ich fand sowas interessant, weil Menschen mich interessieren.

Und ich lernte Maggi kennen. Eine Transe, die dort Kunden suchte, dort anschaffen ging. Wir trafen uns öfter im Stubu, tanzten dort zusammen und gaben uns Küsschen. Ich wohnte damals bei der Bremer Disco-Meile um die Ecke, da lief ich 20 Minuten hin. Heute ist das anders und ich würde es nicht mehr machen. Es war eine magische, tolle Zeit. Und ich hoffe, mit neuem Partner und Freunden wieder ins Nachtleben zu gehen. Es ist gefährlicher geworden, deswegen möchte ich dort nicht mehr alleine hingehen, jedenfalls ungerne. Ich vermisse die Zeit.

10. Kapitel - 2. große Krise, Transformation, Happy End, Kirchweg

In diesem Kapitel bin ich so ehrlich wie möglich, auch wenn es mich nackt und verletzlich macht, aber es zeigt auch, dass ich vom Fach bin und viel Erfahrung mit der Psychiatrie und Therapie habe und dass ich helfen kann, weil ich immer die richtigen Entscheidungen getroffen habe, die mich zum Erfolg geführt haben. Und deswegen bin ich, glaube ich, eine gute Beraterin. Für alle Menschen, die mit der Klinik zu tun haben.

Ich bin überzeugt, dass meine Krise und Psychose, an der ich 2013 erkrankt bin, eine Schamanische Reise war und von großer Bedeutung und Reinigung für mein Leben war, dass es mir Glück brachte, was du später als Leser auch sehen wirst.

Ich wohnte ja schon fast ein Jahr auf einer Baustelle, weil unser Haus an einen Miethai verkauft worden war, der allen die Kündigung schrieb. Erst wieder setzte ich mich, aber ich hätte sowieso ausziehen müssen, weil die teure Miete hätte ich mir nicht leisten können. Ich stand also schon sehr unter Stress, dann musste ich meinen Job kündigen, weil die Kundin mir zu viel rummeckerte, und ich hatte mehrfach starken Liebeskummer mit mehreren Männern, und ständig nur One-Night-Stands statt einer festen Partnerschaft. Dazu kam noch hinzu, dass ich Ärger mitmeinem Karate-Trainer hatte und den Verein kündigte. Du siehst, da wäre jeder ausgeflippt. Ich wusste, es muss etwas Großes passieren und ich sorgte dafür, dass es auch so kam, wie gut es für mich war.

Marion sagte zu mir: „Du wirst von deinem Unterbewusstsein geführt." Und so war es auch. Langsam, aber sicher, kam die Zeit, wo ich immer wahnhafter und psychotisch wurde. Ich ging zum Weißen Ring und zur Polizei und zu einer Anwältin und wollte meine Familie verklagen. Das wäre aber bestimmt schon verjährt und wäre nie durchgegangen. Ich wollte aber Gerechtigkeit für mich. Ich wollte etwas an meinen Problemen ändern, egal wie. Abgesehen von meiner Ärztin und Grundsicherung bin ich ganz alleine und ich hatte mir beim Universum eine Wohnung in der Neustadt gewünscht, mit Laminat, und die habe ich auch bekommen. Deswegen glaube ich auch ganz fest an die Erfüllung von all meinen Wünschen, so wie Marion es mir gewahrsagt hat. Also ich war in meiner Wohnung, eine Vormieterin und Problem-Nachbarin war verstorben und ich glaubte auf einmal, dass in meiner Wohnung böse Geister und ihr Geist seien. Dann glaubte ich, dass Okan, ein One-

Night-Stand aus dem Stubu mich umbringen will, mithilfe eines Anhängers, den ich vermisste, seit Orkan bei mir war. Ich war felsenfest davon überzeugt, dass er den gestohlen hat und dass er mich töten will. Die Schlinge zog sich zu. Es war für mich unmöglich, in meiner Wohnung zu bleiben, also floh ich in Panik ohne Jacke, nur in Jeans und weißer Bluse und Ausweis, ohne irgendetwas, aus der Wohnung und lief nachts durch die Stadt. Das war auch ganz schön gefährlich, schon Tage davor war ich planlos durch die Stadt getigert. Nun aber wollte ich auch aus Bremen fliehen und war am Bahnhof.

Also rannte ich nachts durch die Stadt. Alles war verwunschen und eine magische Reise. Nun war am Bahnhof eine Bar, wo einer am Tresen arbeitete, den ich aus dem karate-Verein kannte. Dorthin ging ich und sagte zu ihm am Tresen: „Ich soll umgebracht werden." Und ich glaube felsenfest daran, es war schon sehr dramatisch. Er hörte sich das an, gab mir einen aus und dachte sich wohl, die dreht jetzt völlig durch. Danach ging es weiter, ich war wie getrieben.

Nachdem ich auf der Polizei Wache am Wall überprüft worden bin, bin ich weitergezogen zum Bahnhof und natürlich suchte ich Hilfe und bekam sie auch. Ich suchte aber vollkommen unbewusst, ich ging also in diese Wache, um die Polizisten von wichtigen Sachen zu überzeugen. Für mich Wichtiges, aber sehr verwirrtes Zeug. Dann, als ich die ganze Wache auf Trab hielt, habe ich dann einen Polizisten mit der Faust ins Gesicht geschlagen. Warum, weiß ich nicht mehr. Es kam zu einem Gerangel und dann haben ca. vier Beamte mich in eine Arrestzelle gebracht und mir Handschellen angelegt und ich auf eine Liege gedrückt und das einige Zeit lang. Und ich war die ganze Zeit überzeugt, dass ich gleich getötet werden soll, mit einer Giftspritze oder etwas anderem. Dann brachte die Polizei mich in die Psychiatrie, dort wusste ich dann, dass mir jetzt geholfen wird und ich war erleichtert, obwohl der Wahn und das Gefühl, das ich umgebracht werden soll, noch einige Zeit anhielt. Natürlich ist es nicht schön in der Psychiatrie, aber ich bin so dankbar für die drei Monate Therapie, die ich dann dort gemacht habe. Am

Ende wurde mir Druck gemacht, mir eine Wohnung zu suchen, weil sie mich unbedingt entlassen wollten: Die Sozialarbeiterin mochte ich da auf der Station nicht und mir druckte nur ein Pfleger Wohnungsangebote aus, den Rest machte ich alleine und fuhr nachher jeden Tag alleine von der Klinik aus in die Stadt und regelte meinen Einzug in mein neues Zuhause. Ich schaute mir fünf Wohnungen an und die fünfte bekam ich.

Nach langer Überlegung habe ich mich entschlossen, ganz offen und ehrlich über das zu schreiben, was ich auch in der Psychiatrie und Krankheit erlebt habe. In der Station war ich auf zwei Stationen (und) hintereinander und hatte auch kurze Zeit kontakt und Gespräche mit einem Gewalttäter, der einen ellenlangen Beschluss hatte. Der war richtig crazy und ich prophezeite ihm, dass er sterben würde, wenn er sein Leben nicht ändern würde. Das jedenfalls sah ich in einer Vision, später nahm ich dann Abstand zu ihm, weil er, glaube ich, auch mehr von mir gewollt hätte.

Da war ich auch mit einer Frau auf dem Zimmer, die jung war und die hatte meistens blonde Langhaarperücken auf und schminkte sich ganz stark und dunkel, was furchtbar aussah, aber sie fand sich so schön. Erst versuchte ich, ihr zu helfen, aber später kam der große Crash, sie kaute dann mitten in der Nacht laut Chips, so dass man nicht schlafen konnte. Da flippte ich aus und schrie sie an, dass sie ausziehen soll und sie bekam dann wirklich ein neues Zimmer.

Nachdem es mir nach einigen Wochen wieder besser ging, versuchte ich, so gut es ging, mein neues Zuhause zu planen und also war ich täglich von der Klinik aus in der Stadt, auch beim Kismet, und machte mein Ding, was mir ja auch den Erfolg brachte. Ich weiß also, wie es geht, in der Psychiatrie zu überleben. Es gab da auch einen Boxsack, den ich benutzte. Und eine Zeitlang habe ich im Garten auch Karate geübt mit Kampfschrei, Kata und Technik üben. Das hat mir geholfen und gut getan.

Natürlich ist es hart, in der Klinik, wenn man mit vielen fremden Menschen mit großen Problemen und teilweisen Beschlüssen auf engem Raum leben muss. Mit zwei bis drei Personen auf dem Zimmer und ständig von Ärzten und Pflegern begutachtet wird. Es wird geschrien, getobt, getanzt und geweint – und manchmal auch gedroht und geschlagen, wenn auch selten. Und in meiner zweiten Krise war da ein Typ auf der Station, der ständig rumlief und pöbelte und Sachen durch die Gegend schmiss. Und einmal auf dem Gang stand er vor mir und ich spürte Gefahr, der schlägt vielleicht gleich zu, und ich wandte eine Technik aus dem Karatetraining an. Ich wich aus und nahm Abstand und beobachtete ihn, da beruhigte er sich und es passierte nichts, danach haben mich die Pfleger gelobt, dass ich die Situation so gut gemeistert habe. Ansonsten wurde ich dort gar nicht bedroht. Außer, dass zum Schluss ein Mann andere gegen mich aufhetzte, weil ich nicht mit ihm reden wollte, was mir dann aber egal war.

Ansonsten verstand ich mich mit einer Frau auf dem Zimmer ganz gut, sie malte mir sogar ein schönes kleines Bild. Nun bin ich fast am Ende meiner Lebensgeschichte angelangt, wo das zehnte Kapitel das letzte ist. Kapitel 11 und 12 bestehen aus Coaching und Lebenstipps. Hier beschreibe ich mein Coaching-Programm, das ich entwickelt habe.

In meiner Wohnung im Kirchweg bin ich sofort verliebt, sie ist gleich an einer Kreuzung, wo eine schöne Kirche ist, die ein Pentakel hat, was, wie ich glaube, auch ein Zeichen ist. Im Kirchweg kommt endlich Glück und mehr Ruhe in mein Leben. Ich werde bei der AWO eingestellt, wo ich auch immer wieder Jobs und Kunden bekomme, und das Amt, das für meine Grundsicherung zuständig ist, ist auch gut. In die Disco gehe ich jetzt auch nicht mehr so oft. Auf die Discomeile werde ich nur noch in Begleitung gehen, denn ich habe einen aus dem Team von La Viva getroffen und der sagte mir, es gibt dort jetzt viel mehr Diebstähle und man muss aufpassen.

Ich habe jetzt nette Nachbarn, die Verwaltung, (und) Vermietung und der Hausmeister kümmern sich richtig um alles und sind sehr freundlich. Ich finde zu mir. Leider kommt es zur

Trennung von meiner Lehrerin und Magierin Marion. Und mein Vater stirbt. Das war sehr schlimm für mich.

Den Tag als ich von seinem Tod erfuhr, habe ich den ganzen Tag geweint, wie noch nie in meinem Leben. Ich erfuhr es von meinem Bruder, der mich anrief. Inzwischen habe ich seine Nummer sperren lassen und fühle mich einfach besser und sicherer. Den Kontakt nicht wieder aufzunehmen. Er wirkt auch auf mich fremd und nicht sehr positiv. Ich habe meinen Frieden gemacht, meinem Bruder und meiner Mutter verziehen und lebe jetzt mein Leben.

Ende Autobiographie

Online-Coaching-Programm „Deine seelische Gesundheit"

Nun plane ich ja als Online-Coach durchzustarten und zu arbeiten. Da stehe ich noch ganz am Anfang, aber die Struktur meines Online-Programms steht schon. Es soll acht Wochen dauern, ich will meine Kunden begleiten und auch eine Facebook-Gruppe soll es geben. Ich brauche dafür auch eine ordentliche Anleitung und habe schon gute Online-Coaches gefunden. Noch fehlt mir das Geld dafür, aber vielleicht gibt es dafür dann ja auch einen Geldgeber.

Es wird acht Module geben, pro Woche ein Modul mit Arbeitsblättern und einem Video. E-Mail-Beratung wird es dann auch geben. Wie das dann aussehen wird, ist noch in der Entwicklung.

Das elfte Kapitel handelt von den acht Modulen. Ich werde sie hier noch mal für das Buch beschreiben. Mit diesen Punkten habe ich es geschafft, mich von meiner Schizophrenie zu heilen. Umfangreich wird aber erst der Kurs sein, hier gibt es einen kurzen Überblick.

1. Modul – Ziele definieren und Hindernisse erkennen

Alle Module dieses Kurses haben miteinander zu tun, und du kannst mit jedem Modul deine Ziele noch mehr verfeinern und ausarbeiten und die Techniken und Affirmationen anlernen, wie du deine Ziele und Wünsche erreichst. Stück für Stück wird es dir auch gelingen, deine Wünsche zu erreichen und sollte das nicht der Fall sein, liegt es an dir und nicht an den Techniken. Denn oft bremst man sich selber aus. Bei mir hat die Wunscherfüllung Jahre gebraucht, also gib dir selber Zeit und bleibe dran. Die Arbeit mit sich selber und mit deinen Wünschen hört nie auf, stelle dich darauf ein, jeden Tag Affirmationen und Spiegelarbeit zu machen. Einmal vergessen ist es nicht so dramatisch, aber dann mach' weiter. Und jetzt finde auch heraus, welche Hindernisse vor dir liegen und fertige eine erste Liste an von deinen Zielen und eine Liste von deinen Hindernissen. Wir werden jetzt in diesen acht Modulen immer wieder Listen erstellen. So kannst du das Bild deiner Ziele immer weiter verfeinern. Denke genau nach, wie du deine Hindernisse überwinden und wo du Hilfe dabei bekommen kannst. Du wirst wahrscheinlich auf einmal dein ganzes Denken und Handeln verändern. So war es auch bei mir. Begrüße es und lasse es zu.

Ende 1. Modul.

2. Modul – Wie sehen deine Lebensbereiche aus?

Wir gehen zusammen alle Bereiche durch, Stück für Stück. Denn wenn du mein Buch liest, bin ich auch an deiner Seite und stehe dir bei. Wir haben fünf Bereiche, die du nach und nach verändern kannst.

1. Bereich - Wohnen

Schaue dir an, wie du wohnst. In einer Wohnung, einem Haus zur Miete oder Eigentum? Wie ist dein Vermieter, wie sind deine Nachbarn? Fühlst du dich dort wohl? Ist es ruhig genug? Wenn ja und wenn du ich wohlfühlst, ein Pluspunkt in deinem Leben, wenn nicht, dann sollte das auf deine Listen kommen, wo du aufschreibst, was du heilen und verändern willst.

2. Punkt – Geld und Arbeit

Hast du Arbeit oder bekommst du Geld von einem Amt, eine Rente oder Hartz IV? Kommst du damit aus oder hast du auch Schulden? Es ist Zeit für dich, besser zu organisieren, du wirst dadurch besser mit Geld zurechtkommen. Als erstes kaufe dir ein Haushaltsbuch und einen Taschenrechner. Plane Einkaufstage ein und schreibe Einkaufspläne für deinen Einkauf. In dein Haushaltsbuch trägst du auch eine monatliche Übersicht aller Ausgaben ein und dein Einkommen. Hier hast du einen Überblick und kannst überflüssige Ausgaben streichen oder Sachen verschieben. Lege dein Haushaltsbuch gut sichtbar in ein Regal oder auf einen Tisch.

Halte alle deine Papiere und Unterlagen auf dem neuesten Stand und besorge dir Ordner und auch Klarsichtfolien für Wichtiges. Du wirst sehen, das bringt Ordnung und erleichtert dein Leben. Plane jetzt genauso auch deine Arbeitssuche und hole dir, wenn nötig, Hilfe von einem Berater. Mein Buch ist dann auch eine Hilfe dabei, wie ich hoffe. Schaue dich auch nach günstigen Angeboten um, so kann man richtig Geld sparen.

Ende 2. Punkt.

Der dritte Bereich ist Beziehung und Liebe.

Wie sieht es da bei dir aus? Ich denke, eine glückliche Partnerschaft ist Glückssache. Ich sehe gut aus, viele Männer wollen mit mir ins Bett und trotzdem bin ich schon lange Single. Ich habe schon sehr viel unternommen, um jemanden zu finden und ich glaube, dass es die Liebe gibt und auch ich werde jemanden finden, davon bin ich überzeugt. Es gibt viele Meinungen zur Liebe, aber aufgeben solltest du nie und auf jeden Fall Frieden und Wohlwollen in all deine Beziehungen bringen: Es hilft auf jeden Fall, Beziehungskurse zu machen oder sich Bücher zu kaufen. Auch für dich gibt es das Richtige für dich auf dem Markt. Natürlich sind Männer und Frauen unterschiedlich, aber wir haben alle eine Seele und sind Menschen und in diesem Sinne gleich.

Ende 3. Bereich.

Der 4. Bereich ist Gesundheit. Zu diesem Thema habe ich ja schon viel in diesem Buch geschrieben und wir stellen später noch einen Heilungsplan zusammen auf. Es ist aber wichtig, dass du dich um alle deine Beschwerden kümmerst und an ihnen arbeitest. Du bist dein wichtigster Heiler. Gut ist auch Naturheilkunde und Schulmedizin zu verbinden. Ich bin, abgesehen von meiner Schizophrenie mit einer guten Gesundheit gesegnet und für die Gesundheit solltest du jeden Tag dankbar sein, um sie zu erhalten mit Liebe.

Ende 4. Bereich.

Der 5. Bereich ist der Sinn.

Hier geht es um den Lebenssinn, wie sieht es damit in deinem Leben aus, hast du einen oder nicht? Wenn nicht, schade, denn er ist sehr wichtig. Es ist wichtig, dass du dir sagst, ich lebe gerne, ich liebe jedes Jahr meines Lebens und ich gestalte es so, dass ich Erfolge feiern kann. Wenn du keinen Sinn hast, woran liegt es? Vielleicht daran, dass du nicht glücklich bist, dann helfe ich dir mit diesem Kurs oder Buch, es zu werden. Glaube daran, an dein Glück.

Ende 5. Bereich.

3. Modul - Image

In der dritten Woche geht es um dein Image. Frage dich einmal, wie wirke ich auf andere, wie kleide ich mich? Wie rede ich und ist es mir wichtig, dass ich hübsch und positiv auf andere wirke? Schminke ich mich, mache ich mich zurecht? Das alles ist dein Image und du kannst es gestalten und jederzeit zum Positiven verändern. Bist du mit deinem Gewicht zufrieden und treibst du Sport? Wichtig ist auch, wie du riechst. Hilfreich ist es, wenn du dir vornimmst, dass du, wenn du es noch nicht tust, dass du jeden Morgen duschst, dich pflegst und Deo sowie ein Parfüm benutzt. Das verbessert deine Wirkung auf andere. Der Duft ist sehr wichtig. Du siehst, es gibt viel zu tun, auch als Mann ist es wichtig, sich zu pflegen und gut zu duften. Meine Übung für dich: Lasse von einem Profifotografen im Fotostudio Fotos von dir machen. Benutze nur Profifotos und du bist auch stolz, wenn du siehst, wie gut du aussehen kannst.

4. Modul - Selbstliebe

Ich mochte mich schon immer, das habe ich dann zur Selbstliebe ausgebaut, indem ich jeden Tag Spiegelarbeit mache und Affirmationen aufsage. Liebst du dich selber? Wenn nein, warum nicht? Und fange dann an mit den Büchern von Luise L. Hay. Du kannst es. Und Nina Larisch Haider, Von der Kunst, sich selbst zu lieben zu arbeiten, denn Selbstliebe ist erlernbar. Die Spiegelarbeit hat bei mir Wunder bewirkt.

Ende vierte Woche.

5. Modul – Visionboard

Jetzt geht es darum, deine Visionen Wirklichkeit werden zu lassen und ein Visionboard anzufertigen. Dazu brauchst du ein Stück Papier und Zeitschriften und Schere, Kleber, du kannst auch Fotos aus dem Internet ausdrucken. Schneide jetzt Bilder aus von dienen Wünschen, z. B. Heirat, Reise, Auto, Haus, Wohnung, Geld und Freunde und Gesundheit. Klebe jetzt alle diese Fotos auf das Papier und schreibe darüber Visionboard. Nun hängst du es auf, wo du es jeden Tag sehen kannst. Viel Glück!

Dadurch, dass dein Unterbewusstsein jeden Tag auf dein Visionboard schaut, kann es besser in die Realität kommen.

Kaufe dir auch bitte unbedingt das Buch „The Secret", dort ist das Visionboard auch beschrieben. Von The Secret gibt es noch weitere Bücher; kaufe dir am besten alle und lese sie gut durch. Viele Erfolg!

6. Modul – Dankbarkeit

Etwas, das wahre Wunder bewirkt, ist Dankbarkeit. Es geht am einfachsten, wenn du dir eine Liste anfertigt mit dem, was du schon in deinem Leben hast und wofür du dankbar sein kannst. Was das jetzt noch verstärkt, ist, wenn du dir einen Stein besorgst, den du schön findest und bequem in die Hand nehmen kannst. Ihn nennst du jetzt Dankbarkeitsstein. Jetzt mit diesen Übungen bist du gut gewappnet und noch mehr Gutes wird in dein Leben kommen.

Ende 6. Woche

7. Modul – Umgang mit Ärzten und Klinik

Wenn du die Diagnose „Psychische Erkrankung" hast, warst du vielleicht schon in der Psychiatrie und musst Medikamente nehmen. Ich bin aus eigener Erfahrung überzeugt, dass Medikamente bei einer schweren Erkrankung absolut notwendig sind. Sie helfen mir sehr und befreien mich von meinen Ängsten. Wichtig ist auch, dass du zu deinem Arzt Vertrauen hast und regelmäßig zu ihm gehst und mit ihm zusammenarbeitetest.

Es gibt Stimmen, die Sagen, die Medikamente wären Chemie und ungesund. Es stimmt aber, dass Schulmedizin oft unabdingbar und unabwendbar ist um gesund zu werden. Für eine Nachbetreuung gibt es vielleicht auch in deiner

Stadt Selbsthilfegruppen und Beratung bei Sozialpsychiatrischen Diensten.

Das habe ich auch in Anspruch genommen. Lass dich nicht krank reden. Ich lebe heute ganz normal und arbeite im sozialen Bereich mit alten Menschen. Viele Menschen werden psychisch krank. Wir sind keine Aussätzigen. Du musst dich nicht dafür schämen.

Ende 7. Woche.

8. Modul – Dein Heilungsplan

Nun bist du, sind wir, am Ende des Coaching-Programms angelangt, aber noch nicht am Ende des Buches. Es kommt noch ein Kapitel; das 12. Ist das letzte und bildet den Abschluss des Buches.

Hier geht es um deinen ganz eigenen selbst erstellten Heilungsplan. Vielleicht bist du am Anfang einer Erkrankung zu durcheinander, um ihn zu schreiben. Ich rate dir, etwas abzuwarten, bis es dir wieder besser geht. Nimm dir ein paar (Zettel), Bögen Papier und einen Stift.

Nun überlege dir, welche Schritte du unternehmen musst, um zu heilen. Welche Hilfe brauchst du von welchen Adressen und Personen? Was wünschst du dir für Hilfe? Musst du in die Klinik, so sammle alle Telefonnummern, die für dich wichtig sind. Lege dir hierfür eine Mappe an, denn du bist wichtig. Wie willst du leben? Wenn du geheilt bist, schreibe das alles auf. Stelle dir jeden Tag vor, dass du heilen wirst und dass Heilung möglich ist. Und dass du alle Hilfe bekommen wirst. Viel Glück!

Ende 8. Woche.

12. Kapitel - Veränderungspaket

Am 1. August war „Earth Overload Day". Dieser Tag erinnert uns, dass wir umweltschonender denken und auch handeln müssen. Damit die Erde gesundet und erhalten werden kann. Wir verschmutzen und verschwenden im Moment zu viel. Darum geht es in diesem Kapitel. Ich gebe

Tipps, die umweltfreundlich sind. Zusätzlich ist es aber auch sinnvoll, das du dich selber änderst im Umgang mit dir selbst und deinen Mitmenschen. Nur so entfaltet sich eine große Welle, die sich verbreitet und auch anderen ein Vorbild ist.

Ich nenne das das Veränderungspaket. Es heißt auch „Erde und ich".

1) Der erste Schritt ist, dass du die Erde bewusst anschaust und dich in Liebe mit ihr verbindest.

2) Du wirst Mitglied bei der Grünen Partei und wählst auch Die Grünen. Auf Facebook und You Tube kannst du dir auch viele Videos dieser Partei ansehen. Es gibt auch eine schöne Mitgliederzeitschrift.

3) Du steigst um auf Ökostrom.

4) Du wirst Fördermitglied bei Greenpeace, auch hier gibt es eine Mitgliederzeitschrift.

5) Du kaufst dir Stofftaschen und vermeidest Plastiktüten bei allen deinen Einkäufen. Für Großeinkäufe gibt es auch große Taschen aus umweltfreundlichem Recycling-Material.

Zu diesen Punkten kommt nun auch deine innere Veränderung.

1) Liebe dich selber, so entwickelst du auch Mitgefühl für deine Umwelt und Mitmenschen.

2) Liebe gesünder.

3) Lebe entspannter, gehe auf der Straße auch mal zur Seite. Gehe Streit aus dem Weg, aber vertrete deine Sicht der Dinge konsequent und vertrete auch deine Interessen mit Ruhe und Weisheit.

Wenn du die meisten oder auch nur einige dieser Punkte umsetzt, rettest du die Welt ein Stück. Deine Energie ändert sich und schlägt Wellen. Du hast auch jetzt einen Standpunkt, der andere beeindruckt.

Dies ist nun das Ende dieses Buches. Viel Glück bei deinem Weg und bei der Umsetzung deiner Ziele.

Danke.

Bibliografische Information der Deutschen
Nationalbibliothek:
Die Deutsche Nationalbibliothek verzeichnet diese
Publikation in der Deutschen Nationalbibliografie;
detaillierte bibliografische Daten sind im Internet über
http://dnb.dnb.de abrufbar.

Herstellung und Verlag: BoD – Books on Demand,
Norderstedt

ISBN: 978-3-7481-8460-7